父子談藝錄

徐明明　徐跋騁　著

徐跋騁與他的繪畫

徐明明夫婦及兒子徐跋騁

徐明明、馬穎南夫婦

序

朱學勤

　　我是六年前認識徐明明夫婦的。那一年我因意外受傷，脊椎骨折，差一點高位截癱。徐明明夫婦聽友人言及，特意從家鄉找來各種特效藥，趕來上海探望。此前我們並不相識，他們出現在我病榻旁，曾令我十分意外，古風熱腸，令人感佩。傷癒後赴無錫致謝，曾蒙夫婦倆熱情相待，共遊東林書院，暢敘平生。方知明明君受生江南名門徐氏之後，少有異志，天稟至高。平生善奇想，性散淡，富收藏，喜交遊。朋友有難，則俠義相助，肝膽照人。「文革」期間，他為避難流落中原，飽嚐底層磨難。河南也是我早年插隊的地方，共同的經歷使我們拉近距離，無話不談。此後我曾赴杭州中國美院講學，跂騄亦在座中，可以說看著這個孩子成長。他考入美院不久，院方即在兩百四十名莘莘學子中獨自為他舉辦「個展」。作為朋友，我為孩子高興，也為明明苦盡甘來，妻賢子慧，能有美滿家庭而欣慰。

不料2002年即輪到他受難，突發眼疾，幾近失明，友人聞訊，無不震驚。我臥病榻時，曾讓木匠製一矮几，置電腦於胸前，臥擊鍵盤以度日，畢竟視力完好。明明乃文物鑒賞方家，人文學者。勤於思考與寫作，無一刻能脫離書本，無一刻不用目力，受此打擊，遠比我沉重。那時天南地北朋友，不斷郵寄書本、讀物，他讓夫人代為閱讀，以耳代目，苦渡難關。後經京、滬、寧各地名醫診治，轉危為安，逐漸復明，這在當時幾乎是個奇蹟，也是那一階段朋友間最感慶幸之事。但他在幽暗中度過的內心苦悶，卻不是我們這些朋友能代替。此文集中收有明明在當時情況下口授經夫人代筆，遙寄兒子的一些書信，讀者或可管窺一二，想見他當時的艱難與堅忍。

收到這本《父子兩地書》時，我這個城市的電視臺正播出一條新聞：報考藝術院校考生數量劇增，人文基礎考試卻跌創新低，考分之卑微，慘不忍睹。這一現象恰與這本「父子家書」構成反照。跋騁今日能成才，當然得益於中國美院的教育環境，但更多的滋養恐怕還是來自家庭薰陶，尤其是明明在父子家書中的人文教誨！八十年代我們這代人進入高校時，曾普遍閱讀《傅雷家

書》，為書中濃郁的理想情懷所感召，二十年後因眾所周知的原因而世風敗壞，人們普遍厭惡藝、文兩界。在這一特定背景下讀到明明父子家書，不說可與《傅雷家書》媲美，但也彌足珍貴，能給人以希望！二十年前我曾給自己立戒，不讓人給自己作序，也不給別人作序。此次明明夫婦堅邀我為此書作序，有感於明明古風厚誼，有感於我們之間的民間交往，與文壇時風判然有別，遂破戒為序。只希望跋騁日後有更大成就時，不要忘記父親在幾乎失明的狀態下給他的人文滋養！也希望有更多的人能讀到這本家書，在惡劣世風中不失去希望。

2006年12月19日　上海

目次

卷二　知冰室隨筆

卷三　致友人函文

卷四　吟夢居詩稿

吟夢居主人述略

　　余四八年歲末出生於雲南昆明。是時，天地玄黃，風雲劇變。至五一年隨父母遷居江蘇無錫，自此家道中落，境況愈下。逾十載，余考入無錫一中。刻苦向學，文冠其軍；書生意氣，激昂青雲。四年後，「文革」發生。其時，墨遮明月，東風嗚咽；國亂歲凶，斯文掃地。翌年離校，即遭遇三年亦農亦工，時北時南之飄泊生涯。嗣後則以探究體製流變為職志，以筆耕授業為營生。雖時乖命蹇，艱辛備嚐，卻志行特立，向以清雅散淡為樂。八二年春，時年卅五歲，娶本地女子馬穎南為妻。此女才情兼備，清嫻自潔，善書顏體榜書，余甚鍾愛。育一子，名跂騁，溫文爾雅，品學兼優，酷愛當代繪畫藝術，現就讀中國美院油畫系。

　　余出身名門，祖籍江蘇宜興。史載高祖徐溥，狀元及第，官至崇禎朝首輔大臣。後辭官回鄉，在宜城建牌樓，造祠堂，盛極一時。祖父徐小帆，中光緒十五年已丑科舉人。因無意仕進，以嘉言懿行昭彰故里。先父徐

兆麟，字宗澤，早年以文名卓望謀職於雲貴軍界。五〇年歸隱市井，一生肺疾纏身而享八秩高壽，蓋其內心安靜，與世無爭之故也。先母吳氏榮華，丫角之年貴為富家千金，通曉詩文，婚嫁後深明大義，含辛茹苦，以專精相夫課子譽為方中美範。

承家學緒餘，余少有異志，弱冠即好詩翰文章，博覽群書。稍長，遊履漸遠，更習文史博物，書畫鑒賞。稟賦奇秀，性耿介不群，貞烈有節慨，故時遭物議。人生之行可謂途路蹇澀，血淚凝鑄，飄萍逐絮，寂寞人外。縱有高懷美志，也為日月所淹，消磨殆盡矣。八六年，奉調市府人事局，任辦公室秘書兼市人才學會常務幹事。以無政治信仰，復累官場文牘，三年後請歸教席。遂無黨無派、無宦無仕，終老布衣。

大道無欲，藝中有樂。人不進乎斯境，焉可得而知之。世固囂濁，有情輒貴；物無長弱，遵時則盛，推己而及人，此則謂藝通於道也。余熟誦典籍，宜有心得；默觀世事，自成精義。舉凡周秦漢唐，青銅古陶；宋元明清，瓷器雜項，書畫碑帖，無不涉獵。與此同時，和友人合作主編《無錫名人辭典》數卷。並陸續撰寫〈光緒帝贊助戊戌變法的動機及其作用〉、〈無錫近代人才

群體成因初探〉、〈武訓評傳〉、〈黃賓虹、潘天壽審美人格異同論〉、〈江南地區先秦考古學綜論〉等文章。空言喋喋，無補時艱，聊慰平生耳。

余一生飄零多夢，襟懷標峙。慨人海奔走，年光蹉跎，所志所事，百無一就，攬鏡自省，能不悲慚！時至二〇〇二年秋，眼疾劇發，幾近失明，數月後治癒，然不能久視。嗚呼！一介書生自此拒絕閱讀，其痛如斷肝腸。今年屆六旬，經此劫難，情性漸趨淡泊寧靜。嘗獨步自謂：消磨傲骨惟長揖，洗發雄心在半酣。哀哉！

儒者立命之方云：「君子居必擇鄉，遊必就士，所以防邪僻而近中正。」無錫西枕惠山，南臨太湖，鍾靈毓秀，人文薈萃。余幸生茲土，得蒙沾溉，倏忽間虛度五十餘載。及至暮年舉家遷移南京，蟄居城西莫愁湖畔。一泓碧水，滿園花樹，諸友雅會，談藝論學，其樂融融。然獨坐寂然，輒有所懷，苟居塵囂，身與強融而心欲遠之。聚散有時，物化人歸，俯仰天地，悲欣交集。悵悵不盡之意，唯祈晚景時和歲豐，平安無恙矣。

2006年5月　涂明明謹述

徐跋騁藝術簡歷

1983年　生於江蘇省，無錫市

2007年　畢業於中國美術學院油畫系

◆個展

2008年　《夢境之外》，道藝術空間，北京

2008年　《在那裏》，道藝術空間，北京

2004年　《跨越障礙》，中國美術學院，杭州

2003年　《我創作，所以我活著》，中國美術學院，杭州

◆群展 Group Exhibitions

2008年　（第十二屆）上海藝術博覽會，上海

2008年　「囧表達與姿態」──第三屆上海多倫青年美術大
　　　　展，上海

2008年　《十二拍》多媒體聯展，五五畫廊，上海

2008年　SWAB當代國際藝術博覽會，西班牙巴賽隆納

2007年　《生活──三人繪畫展》，道藝術空間，北京

2007年　《日常狀態》，鳳山藝術空間，杭州

2007年　《歸零》，中國美術學院油畫系研究生會學術交
流展，虹廟畫廊，上海

2006年　《嬉戲的圖像》2006年中國當代藝術邀請展，深
圳美術館，深圳

2006年　中國美術學院油畫系世紀之星油畫展，獲一等
獎，杭州

2006年　大芬油畫村《首屆國內美術院校師生油畫作品
展》，深圳

2006年　《迷宮》多媒體互動藝術獨立現場，明園，上海

2005年　中國美術學院油畫系馬利油畫展 獲二等獎，杭州

父子兩地書

一九九九年～二〇〇六年

卷首語

馬穎南

　　徐明明、徐跂騁父子倆都是個性色彩極濃的讀書人。一個喜吟哦，一個擅丹青。在他倆身上，尋求的痛苦和發現的歡樂都超乎常人。他倆愛寫那些有感而發，無心於問世，只是為己而寫的詩歌和隨筆（包括他倆之間的書信）。前者是他們的感情日記，後者是他們的思想日記，更是他們生命中最真實的部分。好像有了它們，他倆的生命線索就不會中斷，他們自己也頗有敝帚自珍之慨。

　　時隔幾年，我在燈下重讀父子兩地家書，仍為他倆探討藝術與人生問題的那種真誠態度感動，為字裏行間透出的那種孤憤心境震顫，同時又陶醉於優美流暢的文字中。父子之間血脈交融的親情，心魂相守的眷念，使原本一封封平淡無奇的家書，竟有一般人不易企及的真實動人的韻味。其實，他們所寫的無非是生活中觸景生情的小感觸，一些淡淡的喜悅和淡淡的哀愁。而經他倆

淡淡寫來，卻使讀者不由得和他倆一起為可愛的人生，執著的追尋掉淚了。

在我與他倆攜手相伴的二十多年的風雨旅程中，我真切地感受到，夫君明明是一位性情躁急，意氣傲岸，心胸坦白，知行合一的人，是一個對親人、朋友赤心熾熱的人。他一年四季穿著樸素卻手不釋卷，粗茶簡餐卻優雅散淡。真可謂「白髮映詩心，淡泊處人生」。而愛子跋騁卻是一位溫文爾雅，品學兼優的青年藝術才俊。在他幼年外出求學的七年中，已在中國美院舉辦兩回大型個人畫展，參加地區及全國性美展五次，並屢獲佳績。可謂孜孜矻矻，寒暑不輟。父子倆雖然性格迥異，一個剛烈，一個溫和。但本質上有一個共同點，即都是善良敦厚且使命感特強的人。

識者不難發現，其實父親這個稱謂，對兒子而言，除了長輩的含義之外，還兼具了朋友、兄長、老師的多重身份。他給兒子大學時期所寫的幾封書信，均是在雙目幾近失明的窘境下，摸索著寫成的。由此可見明明君自甘淡泊中的那一份執著有多麼不易。他給兒子的每一封書信，都是從心靈、感悟和思想出發，既暢敘了父子之情，也交流了各自的生命體驗及對世界的獨特理解。

由於他前半生所處的特定生活境遇，故他的知人論世，既飽涵中國傳統文化底蘊，重倫理情義、人文關懷；又秉持現代普世價值，體現自由民主的現代理念和獨立精神，從而使讀者感受到某種天問式的高貴情懷，感受到面對世界和現實的非凡勇氣，感受到拷問一己靈魂的劇烈疼痛。文筆樸實無華，格調熱烈蒼涼，再兼書信體式的開放與靈動，輔以感同身受的悲憫意識，更能彰顯其思想啟迪與審美衝擊並重的特點。

歲月如刀，毫不留情地將衰老刻上了我們的額頭；生命如歌，抑揚頓挫地奏鳴著酸甜苦辣的曲調。兒子在成長，我們在變老，但我們總回避不了生命之歌裏那高亢的音符：奮鬥！唯其如此，父子倆的交流還將繼續，父子兩地書還在延續……。

夫君明明和跋騁兒的兩地書付印在即，作為作者的妻子和母親，欣喜之餘，寫下一些感想，是為卷首語

2006年9月

一九九九年九月三日家書

騁兒：

　　美院附中擁抱分別的那天黃昏，作為父親，我的心緒十分複雜：既高興又沉重。高興的是望著你從此振翼高飛，去獨立地思考和應對生活與學習中的一切疑難和困惑，以此逐步磨礪成才。但另一方面由於你的稚嫩和單純，在離開父母的呵護和指點的新的環境中，能否照顧好自己的身體、安排好生活起居、處理好同學與老師的關係，然後從容地以良好的精神狀態去學好文化和專業課程。這種種擔憂又佔據了我的整個心扉，以至第二天早晨，心情沉重的我勸阻母親回避和你再次告別。

　　騁兒，每個人的降生即是母親生命「痛苦」碰撞的結果，而平時在父母身邊感受到的那種平庸的「幸福」往往會讓人生長幼稚，只有獨立地自我感覺到的痛苦和孤獨才能使人儘快成熟。現在你的生活必然比家裏艱難困苦，凡事須獨立思考、獨自處理。但我卻期望你在這樣的環境中能培養一種堅韌的性格：即自尊、自強、自立、自信、自愛；同時在孤獨與痛苦中磨煉將來幹大事

業的基本素質：即獨立、獨思、獨斷、獨行。並千萬記住：一個男子要想戰勝外界的困難，先得戰勝內心的怯懦，能夠成為自己的主宰，才能扼住命運的咽喉。同時作為擁有創造思維的人貴在有夢、有幻想、有希望、有參與。這是一個人生命力強盛的表現。歌德曾說：「假如你失去了金錢，所失甚少；假如你失去了榮譽，所失甚多；假如你失去了信念，那麼你便失去了一切」。如今你離開父母，孤身一人在外求學，支撐你的唯一強勁的力量即是那百折不撓、鍥而不捨的堅定信念。至於這個信念真實而完整的內涵，我堅信你會明白無誤地蘊藏在心底。但作為父親須再次提示你的是：凡事需從平常的積累開始，每日每週每月，日積月累，一環緊扣一環、一個臺階更上另一個臺階。既要高屋建瓴，更需步步為營，這樣才能用信念去把目標與實踐融為一體。我總結觀照中外歷史上的名人豪傑，得出這樣一個結論：大丈夫成就大業都是「先掃一屋，再掃天下」。此金科玉律請吾兒謹記並躬行。

　　天氣轉秋、夜寒白熱、起居飲食務請珍重！

父字

1999年9月3日

＊附上我自撰的立身處事六言銘互勉：

大處著眼（審勢）　　　　小處著手（務實）

安處思危（憂患）　　　　靜處思過（自律）

險處求變（機智）　　　　絕處求生（探索）

父又及

即日

一九九九年九月二十一日家書

跋騁：見字如晤！

你獨自一人赴杭求學已將一個月了，這是你年青生命歷程中的一種必然選擇。但由此而牽發的思緒卻久久地撥動著我與你媽媽深沉的情弦，你在校的起居冷暖、飲食營養、學習課業、與人交往等等均在我們的想像中每天不斷地複述著，唉！這也應了古人詩中的一句話：「黃昏樹下黃昏情」啊！

跋騁，每個人有不同的生命軌跡，一切快樂和成功、失敗和悲哀都是自己親手創造的。但仔細思量，人最難最難的莫過於找到自己的最佳位置（即人生起跑的支點）。如今，你經歷了千辛萬苦的努力奮鬥，已找準了適合你將來發展的最佳起點（這一點，望你千萬千萬要珍惜）。你是搞藝術的，十分重視所謂「感覺」，但你須記住，你目前生存的環境也存在著對你的「大感覺」。斗轉星移、時空變幻，你如今每天面對的是一個全新的環境：新的學校、新的學業、新的師生關係、新

的夥伴，乃至新的獨立的生活思維方式。這一切全都沉浸包含在一種新的相互感覺之中。所謂「百丈之樓，起於基石；千里之行，始於足下」。在這一切從零開始的過程中，第一印象的良好感覺是至關重要的（因貴校的師生是搞藝術或受藝術思維薰陶的），由此我們希望你能獨立開創一個良好的開端，並自始至終地讓老師保持一種良好的感覺和印象；對自己來說：始終保持一種永爭上游的良好感覺和狀態。與此同時，還必須和同學（尤其是同宿舍的同學）保持一種既友好交流又獨立奮鬥的良好狀態和生存發展環境。這裏我須特別強調的是：若要別人尊重看高你，你自身必須具備雄厚的個人實力（即全面素養）和真誠守信的人格魅力，因為「弱國無主權」與「弱者無外交」是同一個原理。

以往由於你功課緊張，同時也可能我的脾性急躁粗暴，我們父子之間交流不多。其實濃縮在父親一生的教訓和經驗還是比較豐富的。血和淚的人生閱歷鑄就了我會獨立思考、會寫美文、會處理棘手的社交疑難問題、會解除別人對世事的困惑。而作為我的後人，你卻不同，你太幸運、太稚嫩了，但作為一個有理想追求的人是須有鍥而不捨的進取精神的。人一生追求什麼？還

不是追求生命的真諦：去敢於幻想、敢於大膽的自我表現，讓生命有一些激動和喝彩，期待在生命燃燒的過程中，塑造一個壯美的人生；期待一份燦爛的輝煌，給後人留下一點智慧的結晶，而絕不是一個軀殼、一堆灰燼。因為人的一生實在太短暫、太倉促了。跋騁，你看現在的人，總在匆匆地、盲目地為生存奔波忙碌，而常常忘卻了探討、反思、觀照自己，把天堂般的生活過得像在地獄裏一樣……所以人必須學會自我反思、自我總結，經每一件事，遇每一個人，一個階段以後，要獨自總結和反思。這樣的人才能走出人為制定的舊框框，走出種種可怕的偏見和人生的錯位。這才是你獨立意識覺醒的標誌，你才可能成為一個有思想有遠見的人，就會產生一個嶄新的獨立獨思獨創的自我。藝術發展是多麼需要標新立異的創造性思維，而有這種思維習慣的人他必然會具有常人不具備的素養：即決斷和灑脫。所謂決斷就是決心、果斷、自信和敢於面對自己的弱點挑戰；所謂灑脫就是豁達、超脫、不拘一格地敢於實踐。你若能在漫長的求學過程中，注重磨煉這兩種素養，則定能學業長進，前景無量。

　　國慶佳節臨近，當你收到這信時，可能是中秋月圓之夜。國慶日前我很有可能借車前來接你回錫度假。我與你媽身體尚可，望勿過多思念。只是我近來視力十分模糊，書寫困難，胡亂塗鴉，也望吾兒鑒諒。

父字

1999年9月21日午

一九九九年十一月二十八日家書

跋騁吾兒：

　　那天附中話別，倏忽已逾一周。歸家後的次日，我陪你媽媽去市婦幼專科醫院檢查診療，專家意見：暫緩手術、觀察保守醫療一段時間再說。這些簡單情況函中告知，望你不必過多掛念。

　　跋騁，再過二月，你已滿18虛歲。這個年齡預示著你人生之旅獨立思考，獨立觀察，獨立去解決學業與生活中的一切疑難問題的新階段開始了。這些對你以往的優裕生活來說，跨度是大了，難度是可想而知的，但這是必然的趨勢。人生只有不斷的奮鬥，沒有永恆的安樂。就拿我們家的境況來說：今年春節以來，經過專業強化訓練，多次赴杭考察，升學考試後的精神和體力的消耗以及暑期家中裝潢的連續疲勞奔波，你媽的身體大不如前，日趨衰弱，以致患下嚴重萎縮性胃炎（此病如情緒不良較易惡變），貧血症，心慌神衰。而拿我來說，胃炎較重，膽結石病連發二次（其中一次是在你國

慶回家前），曾連夜至醫院吊點滴急診醫療。這些現實情況綜合說明了我們家的特殊境況，即爸爸媽媽過多地經受了生活的磨難，過早地病衰了。父母親精力的早衰，對於過多的憂慮和超負荷的奔波，日益感到力不從心。鑒於這些無奈的現實，更要求吾兒早日自立自強，用自我奮鬥的成果來減輕父母親心靈上的憂慮。這是現實的逼壓，也是父母的期望，期望吾兒在外經過幾年磨煉、奮鬥，以成熟而穩健的雄姿來接過日趨衰老的父母肩上的擔子，撐起這個經歷千辛萬苦來之不易的家。要達到這理想的境地，這就要求吾兒現在努力做好以下幾點：

一、鍛煉好身體，養成良好的有規律的生活習慣，以強壯的體魄去迎接一切挑戰。

二、處理好學習與生活的矛盾，因為只有生活正常（如作息、飲食、衛生等）刻苦學習才有保障。

三、處理好同學（尤其是同宿）和老師的關係，因為只有處理好你生存空間須臾不可離開的這些人際關係，你才能有良好的心情去生活和學習；你才能尋覓到人生奮鬥的捷徑和機遇，這是一個人終身必備的能力和素養。

四、與命運抗爭，與生活講和。人的命運的優劣是相對的，而抗爭才是人生的主題，才是人生的樂趣。生活太枯燥，藝中有真樂，不斷地恒久地堅持信念，靠近目標，即從改變弱小命運的一步步開始。其真正的樂趣，在鍥而不捨的抗爭之中。至於日常生活和社會各種關係的接觸，那即須用平和、寬容、忍讓的態度，以委婉的方法來從容對待，千萬不要過多計較名利得失、恩怨而損傷寶貴的身心健康。

五、好學深思，仔細地體驗生活，體驗生命中美好事物的美妙韻律，自我解除生命過程中的種種困惑。這是一個不斷讀書、思考、探索、交流的反覆輪迴過程。要理性地自覺地訓練這種思維方式，具備這思維方式是衡量一個人真正成熟的標誌。

六、開好頭、收好尾。新學期伊始，你有了一個良好的開端，校方師生反映很好，你作了很大的努力。至於期中考試成績中上，這裏有個初中與高中、普高與中專學校在教育和考試方式上的轉變和適應過程，不必為此煩惱。99年出師附中的第一戰役你是光榮的勝利者，現在的問題是收好每一學期的尾。從關鍵意義上講，一、二年級必須同時在專業和文

化上打好扎實的底子，二者都不可偏廢，否則到三四年級將陷入非常痛苦和不堪回首的困境。這些吾兒心裏十分明白，我強調一下，是從理性上來認識它的重要性。跂騁，這一周，你已遷居104寢室生活了，晚上是否較前改善睡眠時間和質量。在這裏，我須告知你的是，無論是孫遜或其他兩位同宿的學生，他們在年齡和閱歷上都較你成熟和老練，你可本著大事講原則，小事講風格的處事態度來對待。嚴格避免由於年齡學齡段成熟度的差異而帶來的負面影響（如嚴拒他們敬煙、曠課、早戀等）抱一種看得過、學不會的心態來和他們搞好友好關係，多學他們身上優秀的東西，多問他們經歷過的痛苦摸索和經驗教訓，以便自己多碰釘子少走彎路。

此信發出同時，我也給孫遜寫了封信，信中囑咐他協助你把原227室的行李逐步分批搬遷至104室，尤其是一些日常需用品。因為我們是辦妥調整入宿手續的，又多交納2000元住房費，應享受到你鋪位的應得權利，這不必不好意思。有難處理的情況，請孫遜出面協調。此事本由你獨立處理，我這裏只是提示一下而已。

總之，從今而後，你和父母是離多聚少（每年僅寒暑兩假期），一切需要自己把握好分寸，一切都要用心仔細揣摩，多思量、少盲動。同時像孫遜等大同學一樣，無論和領導和老師或高年級的同學交往，要有膽有識，必須從現在有意識地進行鍛練和提高。

　　天氣轉寒，起居飲食，一切保重！

父字

1999年11月28日

二〇〇〇年五月二十四日家書

騁兒：

　　你在上月5日來信中談到：「為了探索藝術，別人享受到的物質快樂，我可以不要，我要的是精神充實」。此話題頗令人回味思索，以至於回信也延遲了。

　　現代哲學家羅素把他一生的信念和追求歸納在這樣一句話裏，即「高尚的生活是受愛激勵並由知識導引的生活」。當前，你正處在茹苦含辛、艱巨奮進去尋求智慧的藝術人生之際，必然會在藝術和功利二者之間進行選擇。藝術的生存方式注重對生命的體驗和精神的愉悅；功利的生存方式注重對物質的佔有和官能享樂。人活在世上，總要有所依託，否則會空虛無聊。有兩樣東西似乎是公認的人生支柱，在講究實際的人那裏叫做家庭和職業（即成家立業），在注重精神的人那裏叫做事業和愛情。兩相比較，貌似相近，其實質內容和存在方式卻是大相徑庭的。因為受愛激勵並由知識導引的生活必然是生氣勃勃地創辦事業，必然是如醉如癡地徜徉在

愛河，必然是淋漓盡致地享受生命。與此同時，最重要的是要牢記：一個個體生命即是一個宏大無比的宇宙世界。在經歷了事業和情感的洗禮過程中，你仍然屬於你自己。在偶像和權威面前，你必須有精神上、思想上、人格上的獨立自由天地。誠然，一個人不能脫離社會和他人生活，但須切記不能一味攀援在社會建築物和他人身上，而要在自己的生命土壤中扎根，在人生的大海中拋下自己親自鑄造的錨。因為從體驗個體生命的人生過程來說，每個人都應有一個自知的精神世界。這是一個十分寧靜而安全的場所，其中珍藏著你最珍貴的寶物。任何打擊、任何災難（如事業受挫、親人亡故、情感失落等等）都不能侵犯它。因為人的心靈是一本奇特的賬薄，只有收入，沒有支出。人生的一切痛苦和歡樂，都化為刻骨銘心的體驗記入它的收入欄中（如你報考附中的過程即是一個生動的實例）。而每個有著這樣真實記載的靈魂才是有意義的生命，否則徒然一具軀殼而無生命實質意義。

騁兒，以上所敘是順著你來信中的話題，我的一些心靈感悟。爸爸是一個內心十分敏感的人，但在基本生活需求十分嚴酷的歲月裏，為了生存，我把過多的精力

投入到物質生產和消費活動中，無情地扼殺和窒息了寶貴的靈性和智慧，這不能不說是我一生中最大的悲哀！因為短暫如過眼雲煙的物質佔有與在精神、藝術、文化領域裏為歷史留下哪怕一筆痕跡，那也是永恆和神聖的。況且默默無聞的平庸一生與來世白走一遭無異。由於我在青年時代即踽踽獨行，喜好獨自感受思維快樂，內心世界異常清醒、異常敏銳、異常豐富。故而多年來，處在這兩難選擇的境遇中，左支右絀、彷徨徘徊，內心的時而痛苦、時而激奮、時而失望的感受是難以言表的。最終的結局是物質基礎有了一定的佔有量，而在精神領地的收穫卻貧乏得可憐。時過境遷，痛定思痛，留下的僅是教訓和遺恨。

值得慶幸的是，如今你上學求藝，父母為你積累了一定的物質基礎，生活有了保障。你盡可專心一意地選擇藝術的生存方式，用藝術思維的表現形式來傳達對生命的體驗，用至善至美至真至誠至愛的靈性來對人生的一切缺憾進行精神補償。這即是你這個重要年齡段的人生定位，非常關鍵。因為今天的選擇和教育背景在更大程度上決定著你今後事業的興衰成敗。從更高層面上來探討，這超凡脫俗的藝術精神生活方式將使你獨特的

生命更富有人性的光彩和意義。這樣的人生是令人仰慕的，也是父親青年時期夢寐以求而不可得的。

　　跋騁，人生漫長而短暫，歷史周而復始而人生僅有一次。人生不管成功或失敗、悲涼或輝煌，我在苦度五十載嚴寒酷暑的人生旅途後，醒悟到評估有否生命價值的尺度只能是兩個字：追求！人有追求才有夢，人生才有希望。努力失利、追求不懈，仍乃真猛士；反之雖告成功，停止追求，成就再大也不足取。從這個意義上引申開來，有志者須追求這樣一種境界：即「懷著一顆高貴的心，在藝術精神領域勤奮探索，以求超越平凡，但同時要本著一顆平常心來對待世俗的平凡生活。如此人生境界和人品修養，上可大處著眼，鳥瞰四海，以臻崇高；下可小處著手，腳踏實地，在平凡中創造奇蹟，能貴能貧、能苦能樂，從而在自身性格和意志上磨礪百折不撓的韌性和獨立不倚的自我控制能力。

　　騁兒，綜上所述，一個人若有此人生境界、生命體驗、堅韌性格再加上獨特的人生思考，過著「受愛激勵並由知識導引的藝術精神生活」，這樣的人生選擇和定位，豈不幸福，豈不令人仰慕。爸爸媽媽都是年過半百的人，一生勞碌而無建樹，一生追求而無奢望，這裏

既有時代社會的局限，又有個人的原因。如今，時代已
逝，人生不能重過一次，唯此只能就我一生的教訓和感
悟和你交流探討，這既是一種精神補償，更大程度上是
對你的勉勵、期望和祝福！

　　　　手此並問

一切安好！

父字

2000年5月24日

＊收閱信後，有何心得和不同想法望及時回信交流探討。

父又及

二○○○年十月十二日家書

阿騁吾兒：

　　開學至今已是一月之餘，在這段時間裏，我和你母親無時無刻不在思念著你。尤其是暑期中我與你母親的爭執與不和（如今已和解如初），很可能會傷害到你，在你稚嫩的心底裏留下陰影，從而影響你正在奮發進取的學業。每思及此，我便會自責不已，真是牽腸的悔恨、掛肚的思念、剖腹的言語也難以表述我此時的心境。阿騁，爸爸在此向你深致愧歉之意，也望你能體諒我這個畸形之人的畸零之心。

　　曾記得藝術評論家邵大箴這樣說過：「藝術是為人類生命活動的需要而誕生的，一切真誠的藝術家都在自覺或不自覺地穿過社會生活的層面、歷史文化的層面、藝術本體的層面，向生命體驗靠近。這裏沒有代溝、沒有原始和現代的區別，它像吸進一切能量的宇宙黑洞，只有強度、深度和殉道者的獻身精神。」你這次下鄉寫生，生活環境比較艱苦。而你十分珍惜這次體驗生活的

機會，表現得異常勤奮刻苦，自然也吃了不少苦。但是只要是真實而有意義的生活必然會包含追求的幻滅乃至失敗的痛苦。誰無痛苦，誰就與藝術無緣！但回首審視：如果能無愧於自己生活中的痛苦——能夠平靜地接受它並擴充為你對自己的瞭解和對他人（泛指一切被侮辱被欺凌的弱者）痛苦的同情之心，那麼，你也能無愧地享受那痛苦之後必然到來的歡樂。經過這一個月的藝術與生活的磨煉，對此你一定有更深的體會。

當今社會物慾縱流，庸俗之風遍及學林。唯有那些彌足珍貴的為學術理想而奮進的天才藝術家總是不為世俗時尚所動，不願趨時附勢，每每從過去和未來、傳統和發展的交接點上清醒地與現實保持一定的距離。因為永恆的學術理想是一種無法透視的概念，是沒有人同等理解的心靈世界。只有通過自己的設想和努力，並準備為理想而向著充滿塵土的、通向地獄邊緣的道路行進的人，才能在現實世界中加以實現。如以此展開波瀾起伏的世界藝術圖軸，注視著為人類文明留下不朽藝術遺產的人的生存狀態與藝術軌跡，作為一個有崇高理想追求和學術人格的我，真誠地希望你在校園生活中，堅韌不拔地保持一種慎獨式生活方式，保持一種深刻思索與反

省的思維習慣，以在平淡和喧囂的日子裏注入一個藝術家才具有的無限詩性、哲思和感悟，直抵生命及人性的內核（即人生與藝術的有限性與無限性的真諦），若能如此恒久不怠，吾兒定能獨立不倚、卓而不群地成為中美藝苑中的參天大樹。

近日，我為自己的人生觀照自撰了一副對聯：「千里風雲方賦詩，一生事業僅存夢」。古人云：人無百歲壽，常懷千秋憂。父親年逾半百，卻還有夢。從大處講，多年追求的民主政治理想能在一代又一代人的不懈奮鬥中得以實現；從小處講，即寄望在異鄉求學的你——我鍾愛的好兒子能繼續保持持久不懈的進步，巍然成長為藝術精英，則爸爸一生無憾矣。

家中一切均好，我和你媽媽相敬相讓，十分和睦，只是爸爸內心世界十分寂寞孤獨，希望你能常來信交流。

　　　此問吾兒
身心安康！

父字

2000年10月12日

二〇〇〇年十一月二十日家書

騁兒：

　　上月附中小別，不覺已逾一月，雖有電話互致問候，卻言不盡意，還是函中與你交流。

　　前天，我去郵局寄上茨威格的《與魔鬼搏鬥》、王開嶺的《激動的舌頭》、朱學勤的《風聲雨聲讀書聲》及《時代的精神光芒》四本書。此類書籍不是無病呻吟的文學著作，而是寫作者內心的衝動及對純情精神的一種真誠嚮往，是思想者對現實生存體驗的張揚和生命終極價值和意義的追尋。以我的閱讀心得，你可參考以下幾點：

　　所謂讀書，不僅僅是用眼睛看，被那華麗的詞章、動人的細節描述所迷惑。更重要的是用「心」去閱讀、去領悟、去思索、去感受。有時需從反面、側面等多種視角去確立思維點，反之「學而不思則殆」。讀書再多，成為「食而不化」的「書袋子」，多而無益。

　　其次，用智慧和質疑的眼光去閱讀。因為懷疑在某些時候是一種優秀的品質（反之是輕信、盲從），是

人類文化的一種活躍因素，是一個健康社會的潤滑劑。沒有懷疑的時代是停滯的死氣沈沈的時代。魯迅之偉大，即在於他在批判舊世界的同時又對未來世界提出質疑，從而使他一生保持了「心靈的自由」和「人格的完整」。因為在魯迅、梁漱溟、王小波、顧准這些「思想鬥士」的作品裏，幾乎隨處可見與現實世界的衝突和質疑。由此你通過閱讀去冷靜地思考、觀察社會（當然目前你僅是以校園生活為視窗），這樣，既能啟動青春生命的激情，又能增強觀察事物的敏銳和深度。當然這必須是自覺的，也是理性的以自己個體生命的自由之態（指心靈）去化解、排除現存教學體制（尤其是文科教材）的「文明毒素」。

再者閱讀與思考是孤寂的。凡探索真理和自由（包括藝術與人生真諦）的人註定要經歷漫長而孤獨的隧道。你業已經歷了一年多附中獨立生活，今後還將繼續漫長的讀書生涯。在一個物質日益豐富、精神相對匱乏的時代裏，閱讀是我們反抗人生局促無奈的最好武器。閱讀可以使我們面臨的困境相形見絀，使自己承擔的痛苦輕若鴻毛。從而將悲觀失望轉化為憧憬希望，將憤世嫉俗轉化為激情高亢。騁兒，毋庸置疑，以苦為樂的閱

讀與思考會使你的精神視域日益擴大，思想深度日益增強。從而給你畢生從事的藝術創作增添內涵力度，提供更深厚的支撐。

騁兒，我一輩子愛讀書、善思考，是個多愁善感的人。如今因眼疾限制，不能長時間閱讀了，這是讀書人的悲哀，也是我致命的痛苦。說到這些太沉重了，還是那句老古話：「人生不滿百，常懷千歲憂」。「憂者」當今在我來說可濃縮為「心願」二字。騁兒，我和你母親一生辛勞，老來別無所求，唯一的「心願」是望你在今後長期獨立的閱讀與思考中，自覺經受磨礪、自覺獨立思考、自覺抵制邪惡、自覺追求真理、自覺堅持進步。使自己的精神視域進入一個大智慧、大襟懷、大靜穆的崇高境界，以此來保持心境的灑脫和性情的溫潤，也使我與你母親的「心願」如夢以償。騁兒，你說好嗎？

祝你閱讀進步、增長見識，不負你的天賦才氣，不負各位師長對你的好評。

父字

2000年11月20日

＊近日中央電臺廣而告知：
「康泰克」系列感冒藥已嚴禁服用，望你若患感冒時慎用此類藥品。

父又及

二〇〇一年一月二日家書

騁騁：

元旦已過，春節臨近，我與你母親思兒之心愈益殷切。值此新年、新世紀、新千年交替之際，來函就藝術與人生的意義、價值、目標等課題與你交流討論，並希望以此引起你的深入思考。

當下，我時時感到急功近利、虛驕之氣、文過飾非之風遍及藝苑學林。許多人為了所謂的榮譽、職位或別墅、轎車而奔波、攀比、追逐……。但在這碌碌眾生相之外，也還有不少人，他們不慕虛名和物質的東西，他們義無反顧地追求理想和真理，並由此而得到了內心的自由和安寧。贏得世人的崇敬而留芳學林。前後兩者比較，我認為理想是人生的太陽、信念是命運的主宰。不以物喜、不以己悲、矢志不移地追求理想和信念，是文學藝術創作者賦於生命以崇高價值和意義的唯一正確抉擇。有感於此，元旦前夕我給你抒寫了一首題為〈藝魂之歌〉的打油詩，意在你今後漫長的藝術實踐中對照鞭

策。為便於解讀,我把全詩逐句注釋,但不知你閱後有何新的見解,也望抽暇來信共同探討。

新春佳節,思兒心切,聊作打油詩一首,寄示驊兒互勉:

繪畫與寫作	心靈做遊戲;
歷史染底色	時代作背景,
不拘老概念	演繹真性情,
愛心與人性	永恆兩主題。
血性好男兒	作事先作人;
獨立求人格	不屈立精神,
知多世間事	笑口對人生,
輒思有饑者	鐵肩擔責任。
世路多崎嶇	風雨兼征程;
宇宙渺無窮	薪盡星火傳,
文中寓奇思	畫裏有別腸,
青燈一夜夢	明月百年心。

作於十二月十八日燈下

詩文注釋:

繪畫與寫作　心靈做遊戲

繪畫與文學創作同為人文藝術範疇的兩門學科,既分又合、相輔相成,都必須用豐富的內心情感來塑造和

表現。但既喻為「遊戲」，創作時一則必須遵循藝術規則和方法；二是文貴樸實、藝貴清新。藝術家要保持清心澹泊、天真自然之心境，才能創作出鮮活、真實、震撼人心的藝術形象。

歷史染底色　時代作背景

藝術創作既要有歷史傳承（包括個人閱歷、家學淵源、社會時代背景），又須有現代創新。主體風格要表現時代精神風貌，所謂石濤畫語錄云：「筆墨當隨時代」，「搜盡奇峰打草稿」。

不拘老概念　演繹眞性情

藝術創作不能固守於陳式化的概念，而須通過生動的生活實踐和獨特的生命體驗，用自己的真情實感來演示富有個性化的創意。

愛心與人性　永恆兩主題

謳歌人類友善關愛之心以及頌揚人性尊嚴永遠是藝術創作的兩大主題。

血性好男兒　作事先作人

人品貴於藝品、立人重於立業。以美好純真的德行蘊涵於藝術表現的審美情趣之中，是人文藝術創作者必備的品格素養。

獨立求人格　不屈立精神

為人著文，需要做到志行特立。在關注現實人生中，以自己的良知作出其道德選擇。唯其如此，才能面對某些不良的社會風氣和邪惡勢力，有獨立持重、不徇流俗的氣概；才能保持藝術家的高風亮節、芳菲匝地的人格魅力，才能保持內心的自由和安寧。

知多世間事　笑口對人生

在貧富榮辱、悲喜交集的人生奮鬥中，如以藝術家的目光去審視世事，由表及裏地剖析紛繁複雜的社會現狀，就不難發現許多常人視而不見的美好事物以及習以為常的謬誤。並以豁達大度、樂觀進取的人生態度去面對挑戰，去熱愛生活、珍惜生命。

輒思有饑者　鐵肩擔責任

人生真諦為仁與愛，藝術本質為真與美。以此仁愛真美之心去關懷體恤天下貧弱饑寒之民生，則倍感肩負的社會責任之艱巨重大。

世路多崎嶇　風雨兼征程

人生道路上關山重重，坎坎坷坷，如萬里征程、風刀霜劍難以阻擋有志之士不懈的追求和跋涉。

宇宙渺無窮　薪盡星火傳

在藝術與人生的文化哲學思考中，現實世界喧囂浮

華，彼岸世界虛無飄渺。而藝術的生存方式注重生命的體驗和靈魂的愉悅。讓我們打開心靈的窗戶，眺望那遙遠的自由精神王國。在對人類生存狀態的終極關懷和人類生命終級意義的追尋和思索中，接過前輩藝術家將要燃盡的精神火種，重新燃起熊熊的燎原之勢。

文中寓奇思　畫裏有別腸

此句呼應首句（即全詩的詩眼），分別概括文學寫作和美術創作在藝術實踐過程中特具的觀察、審美、思維、表現等方式。進而殊途同歸，以「奇思」與「別腸」來突破現存的各種桎梏和束縛，以不取悅於俗，不獻媚於時的審美人格表達自我獨特的心靈感受，從而探索、更新、張揚另類藝術語言。

青燈一夜夢　明月百年心

青黃色的燈光下，一個如夢似醒的素心人（人生真諦與藝術本質關係的思索者）輾轉斗室、徹夜未眠。不知他者問他何求？知他者謂他何苦心憂。此時此刻、此情此景，只有百年不易的明月方能洞悉他那顆上下求索、雖九死而未悔的赤子之心。

騁騁，以上釋文，是我的一孔之見，未必全面妥切。來函行文至此，我已是兩眼昏花、視物模糊。但心中卻十分快慰的是，父母嘔心瀝血無怨無悔的付出，已

和你深明大義、獻身藝術事業的赤子之心相映成輝，這是多麼美妙動人的天倫之樂！任重道遠，望你為錦繡的前程珍重，再珍重！手此預祝

　　春節快樂！身體健康！學習進步！

父字

2001年1月2日中午

＊另：《與魔鬼搏鬥的人》一書如看完，請即寄回，此書是借閱他人的。

父又及　即日

二〇〇一年一月十二日致孫遜函

孫遜同學：你好！

「五一」節晤別，不覺已逾月餘。這期間幾次命筆致函，卻又猶豫再三，殊不知此類筆談於你是益是弊。但終究難以推卸的責任使我又提起了筆，孰是孰非，只能由你獨自理解和鑒別了。

幾次短暫接觸，在我的印象中，你是一個心靈高度發展而性格異常偏激的人，是一個身體不斷興奮但精神卻專注集中的人，這種奇異的人性的組合，註定在你今後每一步生活進程中，要不斷經歷深刻的痛苦與快樂，從而迸射著發現的激情與愛的激情。這是你真誠與善良心靈世界的展示，就像篝火一樣燃燒你旺盛不衰的激情。然而你是否想到，當篝火熄滅後那無邊的黑暗吞噬一切美好事物的時候，也就是你心魂最脆弱需要另一個靈魂的援助的時候，你那偏激易走極端的性格卻事與願違地限制了你前進的腳步。無論是從思維方式乃至生活方式諸方面都將會呈現出各種超越時空環境的離奇景

觀。這些是貶是褒？連我這個提問者也不知所云。因為
藝術家的本質特徵之一，是他生來就是一個試驗者，他
不得不利用眾所周知的手段和材料來表現高度個性化的
體驗。更何況人在一種原創力的導誘下，實現夢想的過
程本來就是由不確定、機會、失敗等一系列因素構成
的。而藝術與人生最大的追求或最大的幸福全在於「認
識」和「記憶」。即通過非表象的刻骨鏤心的「認識」
來記憶「靈魂」的訴說，進而給人類的心靈一些溫暖和
撫慰，自然這些已是畢生不懈追求的結果。人生伊始，
每個人都在尋找一種方式進入世界，而你對世界和人生
的認識首先是從一個家庭繼而一個學校開始的。學校是
你進入世界的第一站，你將用漫長的時間讓一個個有著
許多老師和同學的學校漸漸地進入你的內心，最終成為
你一個人的學校。人確實很難選擇生活，卻可選擇記
憶，認識生活，體驗生命。如能展示整個人生，將會看
到是我們選擇的記憶決定了今後全部的生活與創造（也
即你現在接受教育的背景在一定程度上決定你將來的發
展前景）。以此高度透視人生、珍視學生時代的身心體
驗，適應學校遊戲規則，其意義是不言而喻的。

「形而上者為之道（精神），形而下者為之器（物質）」。你既然選擇了形而上的藝術生存方式，注重對生命的體驗和靈魂的愉悅，那麼今天函中順便介紹你認真閱讀和領會《卡拉馬卓夫兄弟》所體現的那種悲憫與拯救人類靈魂的人生態度和模式，以及直面人類精神困境的《當代英雄》（萊蒙托夫）、《變形記》、《城堡》（卡夫卡）、《等待果陀》（貝爾特）、《異端的權利》、《昨日世界》（茨威格）。充分挖掘和消化這些著作中所蘊涵的精神和文學資源。這樣當你的真誠遭到嘲笑的時候、當你彷徨困惑的時候、當你的心魂脆弱的時候，有這些人類偉大靈魂的援助，不管明天的時間隧道中橫亙著多少莽原荒丘，你的人生之旅也許可以超越沉淪。

秉筆直言，不實之辭，望來信交流指正，並祝你身心康樂！

涂明明

2001年1月12日

二○○一年五月二十三日家書

爸爸媽媽：你們好！

　　我好想你們，剛剛完成設計作業，就提筆給你們寫信，心情十分激動。此次設計創作，我覺得自己做得挺成功的，再次證明我的創造思維和能力。回想兩周以來的辛勤工作，不斷思索，不斷打破「常規」（當然這裏的常規是指不被老師給我看的例畫所束縛），另創一種屬於自己的創作思路。事過境遷，總結成績得來之故，我想人生任何年齡階段都應當有「轉益多師」的精神，多聽取老師們的各種意見，使自己的「力」儘量用在刀刃上；多與周圍的同學交流，胸懷博大地坦露自己的想法，而不是孤芳自賞。與此同時生活中多體察過程之「細節」，因為美往往存在於被人忽略的細節之中，「美」就是不斷從平凡的生活膠片上剪輯下來的。其次創作設計過程不能一味追求「自我」，必須以極虔誠之心揣摩藝術大師們在創作中如何從一點把思維發散到一

個面，如何把生活中各事物的「美」相聯繫。通過這次創作設計實踐，我現在對設計藝術家的心靈有些膚淺的體會，他們不像畫家、雕塑家那樣執著地慢慢地體驗藝術生命之真諦。而設計家不行，得趕在時代的前沿，偶爾之靈感觸發，就要在很短時間甚至幾分鐘之內，把千年人類文明之結晶綜合應用。做到這一點需要相當高的藝術素養，當然更需要不斷地親力親為地去做。

在投入這次色彩構成設計課上，我發現自身有一個「弱點」，即在製作過程中，潛意識思維最多在兩個層面上跳躍，而進展到第三個層面的結果如何，那就有點靠運氣了。如我把整半開的紙，分別均勻地刷上紅、黃、黑三色，而後切成細條，並按照編籃筐的方式來編織色彩條。當我編了一部分後，發現編的程序太有規律了，色彩單一，缺少對比。因此再接著編的時候，我就打破一隔間一隔的方法，逢兩隔、四隔編。結果在一分鐘之內，我欣喜地發現畫面顏色出現大小冷暖之對比。但稍後又突然發現下面的「棋」有些難走，因為當第一次打破常規編法時，就如「牽一髮而動全身」，往後編織就必須按打破的順序來進行。幸好我設想的色彩構成

可以機動，但如果假設我設定的最終效果是確認不變的，那麼我就得事倍功半地重新開始。由此得出二點人生哲理：當一事物的發展趨勢第一次被打破後，接下來的方向和結果必然受其重大影響，所以凡事做決斷之時應慎重。

其二：接觸一事物之前，應當有意識地作一些跳躍性思維，在宏觀把握的整體格局中，預測事物發展過程中可能產生的變數，這樣可以減少和避免許多失誤。當然，客觀上我先前對「編織」一無所知，所以當第一次接觸的情形下，要在此「系統」中作思維跳躍就帶有一些冒險性。由此可知跳躍思維還須客觀地對某一事物作比較全面的瞭解，熟知其性質及以後的發展態勢。說到這裏不由引發起對「百丈之樓，起於基石」的有關思索：我如何預知自己的未來呢？如何使近階段的學習、生活按自己設想的軌跡運行呢？我想最可靠的辦法就是把基礎打扎實。誠如一位前輩藝術家所言：人生求學立業二十年光景中，前十年打基礎，後十年學做人。

設計課將要結束，收穫不小。更可貴的是它能促使我就現階段的學習、生活進行反思，以及如何走好今後的人生之路，作了一個提示。

人生就是這樣一步步地走，不時回頭看看腳下的路，再遙望一下遠方，鼓起勇氣，大膽地向前走……

兒　跋騁

2001年5月23日

＊隨信附上我寫的一篇題為〈我看梵高〉短文（刊登於5月13日校報），望爸爸媽媽笑納指正。

我看梵高

　　每當我向不知梵高其人其畫的人們介紹梵高時，往往自己先就激動起來，卻找不到確切的語言來表達我的感受。以李白比其狂放？不適合，以玄奘比其信念？不恰當。以李賀或王勃比其短命才華？不一樣。我童年看到飛蛾撲火被焚時，留下了深刻的永難磨滅的印象，梵高，他撲向太陽，被太陽熔化了。

　　梵高是以絢爛的色彩，奔放的筆觸表達狂熱的感情而為人們熟知的。但他不同於印象派，印象派捕捉對象的外表的美，梵高愛的是對象的本質，猶如對象的情人，他力圖滲入對象的內部而佔有其全部。印象派愛光，梵高愛的不僅是光，而是發光的太陽。他愛色彩，分析色彩。他曾從一位老師學鋼琴，想找出音和色之間的契合的關係。但他在自己〈夜咖啡店〉一畫的自述中反對單純作色的音樂師，他追求用色彩的獨特效果表現獨特的內心感情，用白熱化的明亮的色彩表現引人墮落的夜咖啡店的黑暗景象。古今中外有千千萬萬畫家，當他們心靈已枯竭時，他們的手仍在繼續作畫，言之無情

的乏味的圖畫汗牛充棟。但梵高的作品幾乎每一幅都透露作者的心在顫慄。

梵高不倦地畫向日葵。當他說：「黃色何其美！」這不僅僅是畫家感受的反應，其間包含著宗教信仰的感情。對於他，黃色是太陽之光，光和熱的象徵。他眼裏的向日葵不是尋常的花朵，當我第一次見到他的向日葵時我立即感到自己是多麼渺小，我在瞻仰一群精力充沛、品格高尚、不修邊幅、胸中懷有鬱勃之氣的勞動人民肖像！米開朗基羅的摩西像一經被發現，它的形象便永遠留在人們記憶裏。看過梵高的〈向日葵〉的人們，他們的深刻感覺永遠不會被世間無數向日葵所混淆、沖淡，一把粗木椅子，坐墊是草紮的，屋裏雖簡陋，椅腿仍可以舒暢地伸展。

梵高熱愛土地，他的大量風景畫不是景緻，不是旅行遊記，是人們生活在其間的大地，是孕育生命的空間，是母親！他給弟弟提奧的信寫道：「……如果要生長，必須埋到土地裏去，我告訴你，將你種到德朗特的土地裏去，你將於此發芽，別人在人行道上枯萎了。你將會對我說，有在城市中生長的草木，但你是麥子，你的位置是在麥田裏……」。

　　他畫鋪滿莊稼的田野，枝葉繁茂的果園，赤日當空下大地的熱浪，風中的飛鳥⋯⋯，他的畫面的所有用筆都具運動傾向，表現一切生命都在滾動。從天際的雲到田壟的溝，從人家到籬笆，從麥穗到野花，都互相在呼喚，在招手，甚至在轉，地在搖，都緣畫家的心在燃燒。

二○○一年六月五日家書

騁騁：

　　收閱你5月23日來信，我們十分高興。信寫得文筆流暢，有思想，有見地，蘊涵著清澈的人生哲理和啟示。複誦再三，我們隱約感覺到我們的騁騁確實長大了、成熟多了。正所謂「大悟者方能行小，故而能坐而說大，起而行小，為那立志以藝術再造人生的崇高信念，從容苦鬥。」以此觀照，經兩年異地生活閱歷表明：你是一個思想非常敏感的人，勤奮好學的人，以你青春生命的熱忱，給父母疲乏的心靈呈交了一份優秀的答卷、一片溫馨的慰籍。

　　騁騁，其實我們每個思想敏感的人，都是當今社會漩渦的掙扎者、苦鬥者，甚至失敗者。但唯其如此，你就更不能忽視那掙扎背後的深思，苦鬥之中的堅忍，失敗所蘊涵的啟示：與天神的輕鬆凱旋相比，凡人苦鬥之後的失敗，才更值得深思，也更令人尊敬。因為他收穫了許多他人無法提供的別樣的經驗體會，精神上更有許

多別樣的特質，才能克服同代人普遍存在的精神缺陷。譬如你的敏感、熱誠、善良、寬容和那種鍥而不捨、自勝自強的奮鬥意識，不正是構成了你精神世界的重要組成部分？通過這次設計創作過程中潛意識思維的反覆醞釀到由此體悟出的兩點人生哲理，即是證明。

其次，人生是一部大書、一部歷史，每個人都可以在這部大書中寫下自己精彩的篇章。但有些人對自己的過去，事過境遷、漠然無知；而面對每一天的現實生活，得過且過、一知半解，最後憧憬未來，一片茫然。這類人的人生體驗和價值取向，無疑是一片空白。這是因為他們對自身歷史的無知，必然會影響對現實的理解，更限制了對未來的豐富想像。廣而言之，深入考察社會歷史進程與現實變革的深層次矛盾，事實不正是如此嗎？

隨信附寄我撰寫的〈自學方法漫談〉講義稿，供你閱讀思考時參照。

最後，讓我們在激越生命的自由律動中，銘記這永恆的提示：

人生就是這樣一步步地貼著地面行走，回過頭看看腳下的路，再眺望一下遠方，鼓足勁，義無反顧地向前走去。……

2001年6月5日　父母啓

自學方法漫談（講義）

古往今來，自學歷來是我們獲取知識的重要途徑，是造就不拘一格的人才的搖籃。但由於自學者的文化素養、知識基礎的差異，以及由此選擇的目標是與生活和實踐緊密相連的，而生活和實踐的豐富多彩，就決定自學者自我設計的學習方法是因人而異的。

一般說來，就筆者管見，自學者自我設計的學習方法有以下八種。

一、**輪迴學習法**：即在新的資訊傳入大腦後，印象還沒有漸消之前，及時地進行整理。接著又在不同的時間多次加以複習，使痕跡不斷強化。以求把傳入的資訊變成牢固的知識。

二、**時間追蹤法**：即根據自己選學專業的實際，把選讀書目向本專業靠攏，並經常檢查總結一個時間內讀書時間的使用情況，進行自我評判有沒有根據變化的實際進行適時調整。在控制和運籌時間的能力上有沒有新的提高。

三、**聚焦突破法**：即在擴大知識面的前提下，選準主攻目標，然後集中智慧，專攻一點，縱向深入，

究本窮源。從而在短期內開掘理論深度和有所新的發現。

四、**時隔效應法**：即有些專業著作讀了一遍，暫擱一個時期，過後重新翻閱，又有新得。這是因為在「暫擱」期間，由於不斷地學習和積累，又增長了新的知識，提高了理解力，思維的潛流經過孕育，匯集及辛勤耐久的思索奔放出來。

五、**點鏈織網法**：即以知識「點」凝「知識鏈」；再以「知識鏈」結「知識網」。具體地講就是讀書時思維波動的逆向漫遊，順時聯想，凝時琢磨。如書本上有揭示某點，則應細細品味；如果脈絡不明，則應細細理出。在鍛煉邏輯思維的基礎上，撒開捕獲知識的大網。

六、**時空互補法**：即汨汨流逝的讀書時間為自學者延伸著知識空間，而知識空間的延伸，文化素養的提高，又為我們贏得有效的讀書時間。讀書過程實際構成了時空效益的優化組合和互為補充。

七、**知識遷移法**：即指已經獲得的知識，對繼續學習新知識的影響，具體可分為客體的自身影響和主體的能動影響，後者是人對它的思維加工和更新過程。

八、創造思維法：即指以模仿、遷移為基礎，以大量的
　　科學資料為後盾，集中高度智慧發現前人所未發現
　　的科學規律，解釋前人所未解釋的新問題。這是運
　　用人類心理活動的高級過程即創造思維來實現的。

　　以上自學「八法」，可因人因時而宜，按照自學者
選擇的目標，各取所需。值得重視的是在自學過程中，
作為基礎性的閱讀要求循序漸進，專題性的閱讀不宜過
於分散，著述時的參考性閱讀更要求思維的連貫，時間
的集中，有時甚至需要「廢寢忘食」地潛心苦讀，以求
創造思維的昇華，從而加速自學成才的進程。

二〇〇一年十月二十一日家書

爸爸：你好！

這段時間未給你打電話，原因之一是省錢，其次寫信更有利於思想情感的交流。

昨晚聽了朱學勤老師的講座，可謂又一次「思想地震」。他講的領域雖屬歷史、政治範疇，但涉及面很寬。講座的主題是「從漢景帝開始的歷代革命政變到政權建立」。他以非凡的洞察力和極為扎實的學理功底，道出了《史記》記載的史料背後的帝王政治動機，這與以後的中國歷次革命都有不謀而合之處。他以他作為教育工程師的良知，直言不諱地點出了當代政治的投鼠忌器的現狀，闡明了政治體制與經濟成果的不內洽，以及「文化革命」給我們帶來的反思，這不光是知識階層，而且是全民性的。他以大量史實為背景，使我們對「學術」（實則為常識）有敏銳的警醒。他非常強調憲政法治教育，批評「民粹主義」。

第二天的講座主題是「二百年來的世界與中國」。講演中朱老師把兩個世紀來的世界風雲概括為：兩個對

峙，四個國家，一個「之」字形。「之」字形則喻為中國近現代歷史曲折的抽象形，每一筆都有其深意。

所謂兩個對峙是指1756年肇始的英法對峙。他首先從政體上分析：英國有貴族傳統、王族意識，它的共和制被孟德斯鳩稱之為「消極自由」；而法國的民主制，則由其平民來左右政體，他們富有韌性。頗為有趣，他還拿法國大革命相比英國較高的人主色彩以及發端於英國的自由主義精神。英國的封建階級自1688年妥協後，工商業占主導，這些工商業者有「利益平衡」的智慧。而英法兩國對峙又有其繼承人，那就是美俄對峙。

英國把它的工商業者的務實精神遺傳給了它的殖民地，以至於美國1787年的《費城憲法》的原則至今未改，而且無瑕可擊。而俄國則繼承了法國人的浪漫詩意的傳統色彩，「十二月黨人」接受了法國上層社會的哲學情思與浪漫主義煽情，以至於給沙俄以最致命的衝擊。

同時，朱老師又拿中國辛亥革命與之比較，提出了有限革命還是無限革命哪個更理智。革命應是在政治領域，不能妨害經濟生活去發動社會革命，更不能像文革那樣搞「文化革命」。

　　朱老師的講演字斟句酌，邏輯性強，有感染力。
此外他還精闢論述了魯迅的歷史功過，在人格尊嚴上是
非常肯定的，而魯迅倡言的改造國民性，他並不認同。
他認為國民性乃是始自山頂洞人至今而形成的「集體人
性」，不可能改變，沒有誰有這個權力來改變人性的恒
定性。講座中有許多話題使人茅塞頓開，但他最後卻十
分坦誠地說：「我並不想誇大學術的力量，而只是作為
教育工作者的職責和良心，以新的視野和深度對我們日
常所灌輸的知識、資訊提出質疑和反思。」哇！大將風
度，令人感佩！

　　爸，說實在話，我現在給你寫信，昨天聽講座的
激動又油然而生。朱學勤先生的講座確實能激發人的信
念，引起反思，繼而導引我進入深層次的研究。這回寫
信，就算對所學知識的整理吧。最近學習生活狀態良
好，請勿過慮。

兒　跋騁

2001年10月21日

二〇〇一年十月二十九日家書

騁騁：

收閱你10月21日來信。信中你簡明扼要地介紹了朱學勤老師來貴校作二次學術講座的內容梗概，並對朱老師的人品學識表達了由衷的敬佩之情。作為朱學勤的朋友，讀信後，我的心情也異常激動。在這個一切神聖性都已破碎的年代，受人敬重確是一種絕響，而有人值得自己敬重，就更是一種福祉了。

毋庸諱言，長期以來，由於社會批判的嚴重缺位，大大延緩了我國社會的全面進步。而近年來朱學勤、李慎之、何清漣、秦暉、王曉明、林賢治、徐友漁等具有社會良知的正直學者以極其敏銳的邏輯思辨和富於歷史感的智者雋語，道出了對生命尊嚴、精神價值、文化多元的推崇，義無反顧地承擔了社會批判的重任。無論是著文講學，他們批判的對象不是異己，不是凡夫俗子，也不是道德的墮落者，而是周圍的黑暗與不正義的權力，是思辨領域裏的愚昧和人性中的昏暗。近日，我重讀顧准遺文，緬想其一生遭際多難，然所思所作，皆

「竊天火以自烹者也」，不禁血脈賁張。掩卷有思，得到二大精神收穫與你交流如下：

其一是：一個人一輩子做人做事做學問，都要昂首天外，要拿出自家真實生命來面對，這樣才算是有力量、有光彩、有真實自知、有真實收穫的人生。理論不僅是求知，學問不僅是求博，更重要是人格力量。燃燒自己，咀嚼靈魂，讓學問溶化到思想中去，讓生命放出光來，讓道德得到完善，這才是求學的真諦，這才是真正懂得人格尊嚴，生命的高貴；把人的精神存在的意義，看得高於形體生命存在的意義，視人格的力量，特別是寄寓於文化創作活動中的人格力量，有不可替代的崇高地位。恰如杜鵑啼血那般：寧鳴而死，不默而生！

其二是：一輩子不人云亦云，做一個獨立思考的人。人具有主體性，永遠張望著未來，解讀著意義。而思維是人類世界固有的一種能力。人類在生存中體察外界事物，必然在心靈上有所感受，就會有意識地沿著一個方面、針對一個問題，進行獨立思考。如果用主流意識形態來編織虛假的道德教義，企圖控制人的全部生命律動（思想、情感等等），那這個社會就喪失了活力和希望。但即使如此，一個人只要打開一定的視野，又積累了較多的知識和經驗，就不大可能被某一種意識完全

壓倒，會有一些同樣來自他內心深處的衝動、意念和情緒，不斷地跳出來阻擋他，或遨遊於廣漠的天地，去窺探深邃的宇宙與繁複的人性之奧秘；或神思於「偉大的形而上學，高嚴之倫理學和純粹之美學」。而探索精神世界的無限自由，則往往會悟出熠熠發光的真理。顧准一生歷經坎坷，卻對獨立思維活動感到興趣盎然，因為善於進行獨立思考的人是幸福的、自由的。顧准名垂青史，不在其事功，而在其思考。古人云：做學問要在不疑處有疑；待人要在有疑處不疑，誠哉斯言！

「昔我往矣，楊柳依依；今我來思，雨雪霏霏」。赫拉克利特嘗言：「人生無法兩次踏進同一條河流」。騁兒，撫今思昔，對每一個有志之士來說：生活的道路和藝術的道路都是曲折的道路，都需要勇氣、毅力和真誠，也都需要付出或放棄一些東西。任何時候都要保持高貴的人格力量，任何時候都要保持清醒的獨立思考，但任何時候都不要消沉頹廢。面對某些令人迷惑的文化藝術現象或生活中遇到挫折的時候，憑賴以上二點精神力量的支撐和啟示，相信吾兒終究會保持冷靜的頭腦和平穩的心態來應對處置。家中我和你母親一切尚好，勿念。

手此並問身心安康！

父字

2001年10月29日

二〇〇二年一月二十日家書

騁騁：

　　生命在運動，生活在繼續，2002年春節即將來臨。與去年一樣，今年寒假你決定獨自留校強化專業訓練。哎！一年一度的新春佳節，本該闔家團聚，可真實的生活總是有缺陷的，具體的個人總是有弱點的；奇蹟每出於絕境，勝券總握於哀兵，這是歷史和人生的規律。思慮及此，我們也就尊重你的選擇了，但此舉措卻引發了我的一些思考，寫在下面，與你交流。

　　當今之世，危機孕育成功，挑戰帶來機遇。當一個人面對各種選擇的時候，你也許該問一問自己，你到底要的是什麼？什麼是你真正的內心需求？是選擇孜孜不倦地探索那折磨人智慧和精力的司芬克斯之謎，並由此構成你生活的意義；還是沉浮於現代物質消費漩渦，處於一種外在的物質幸福與內心不安的衝突之中，無疑那樣你今後多半會若有所失，因為你葬送了一個夢，一個你真正渴望的夢。

反觀中國社會的世俗化過程，不難發現：一個世俗社會的來臨，總是伴隨著一場深刻的精神危機。在市場經濟背景下，個人如何獲得生命的意義，重建人文關懷以及堅守理想主義的立場，成為當代中國知識份子關注的中心話題。近年來，對當下國內一些社會思潮的關注與分析，對國外一些學術、思想的留意和評介，占去了我不少的時間和精力。但每當我讀書或思考偶有所得，總會興奮莫名，不能自已，如同哥倫布發現新大陸一樣。這樣的快感是那樣的美妙絕倫，無可比擬。我想每一個從事精神活動的人都會有這樣的高峰體驗，這是一種根本不能用金錢、權力來衡量的精神體驗，是上帝給予我的公正補償。對於一個有志之士來說，物質的匱乏可以通過世俗的方式解決，但有沒有精神的關懷和超越意義的需求，卻是最要緊的。正如一位學者所說：知識份子之所以成為社會的良心，全賴於此。

　　可喜的是在滾滾紅塵之中，你選擇了美術作為今後安身立命之本，並做好了安於寂寞，過一種簡樸而不失本色的生活的心理準備。從這點而言，我想你是充實的，滿足的；你讀書、你思索、你創作，以自己的作品證明你存在的意義，以自己獨特的話語實現你生命的價

值，以自己內心那顆不滅的火焰去照亮周圍的陰霾和苦
難，使自己比同時代人跨越得更遠。

收到此函，你可能已經放寒假了，預祝你假期生活
充實愉快，並望能趕在春節前幾天回家歡度新春。

手此並問一切安好！

父字

2002年元月20日

二〇〇二年五月十七日家書

騁騁：

　　「五·一」節別後，思念之情，甚於往常，這也許是親情縈繞所致。平心而論，親情似乎是最平淡、最日常的東西，但卻是人類共同具有的本質感情。尤其是你這次專業報考之失利，在你個人經驗世界裏將會留下何種影響？是負面多於正面，還是……，這些疑慮常常在叩問著做父母的心。

　　世道滄桑，人生苦短。一個人片刻的思緒，瞬間的感受和頓悟，可以是一時一事；也可以是一景一物，興之所至，喜憂哀樂。但一旦脫離了人生的長遠奮鬥目標，而僅僅滿足於某種符號概念的擺弄，即使所謂成功者，充其量不過是只雄視闊步的火雞，絕不會成為鷹隼的，更不會留下掙扎著飛行的帶血的記錄。因為在個人精神求索的主題下，人的真正的尊嚴在於思想。正如康德所說：「我一生的主要事件在我的大腦中展開」。你離家三載，為創造一個有深度的人生，獨立思考，獨自苦熬著，人品、胸襟、才略、文章經磨礪而愈見長進。在我看來，你像一隻思想的牛虻，不斷地剖析自己和身

處其中的環境。在你的靈魂深處，有一樣放不下的東西在時時敲打著你──這也許就是信念。你在它的面前時時感到生命的躁動和顫慄，你在它的引領下反躬自問、不動聲色地審視自己，審視當下的現實社會，審視遠古和未來，審視形而上的理念，並對在這一過程中一次次的艱難跋涉是那樣的樂此不「彼」。（當然也包括這次勇敢嘗試）

誠然，世事紛紜，我們不可能做到時時都無悔，如同不可能處處都無愧。但無悔終究是任何選擇中最佳的一種選擇；而無愧則是一種最實在的自我肯定，這種自我肯定的確證即是：「游於藝、須養於學」。只有平時熬盡艱辛和增強基礎積累，而考試猶如一石激起千層浪，會把今後的人生照亮和啟動，從而創造一種契機，能更清晰、更直接地看到自己內心殿堂寂然端坐著的那個真實的自我，那個屬於自己的生命本相，從而開啟自己美麗、青春、鮮活的人生帷幕……。

最後用龔自珍的聯句贈給你，祝願你：世事滄桑心事定，胸中海岳夢中飛。

家中一切均好，手此並問

安康！

父字

2002年5月17日

二〇〇二年七月八日家書

騁騁：

　　光陰如白駒過隙，不覺已近期末，暑假來臨。本學期的結束，預示著你附中四年僅存一個學年的關鍵期限了。這些日子，我在整理資料時翻閱到你歷年寄往家中的信函、獎學證書，以及留存家中的繪畫作品。彷彿檢視你這三年來艱難跋涉的足跡，真有一些別樣的心情。所幸你從事的是藝術創作，這使得你的生命變化躍然紙上，留下了深深淺淺的履痕，就像一張老照片，雖然已舊，卻依稀見到昨日的天真和一張多夢的臉。作品保存歷史，這是藝術的價值，見證的價值。你留校存檔及參展的作品，也有幸成為附中七十餘年來美術教育過程中的一滴滄浪之水。三度寒暑、三度春秋，痛苦過、歡樂過、努力過、見識過，並在畫布上留下了斑駁絢麗的色彩，即使是流星，也有過瞬間的美麗，並由此贏得了可貴的自信……。

　　騁騁，你上次在電話中談到要將20多幅繪畫作品托運回家。可以想見，這些作品集中展現的是你內心深處的那種最本質的自我，是一種超越庸常生活的精神世界。即使是描繪苦難，依然是精神的苦難；即使是渲洩欲望，也仍然是會思考的欲望。這是因為每個人的日常生活都是狹窄和庸俗的，而文化、藝術則是把人從狹窄和庸俗的日常生活中提升出來，把人提高到崇高精神境界的一種途徑。說到精神境界，我腦際即時浮現顧准那集善和對美的渴望於一身的不朽形象，這是一個大寫的第一流人物。第一流人物自有第一流人的境界，這是因為平常人過的是感覺的生活，非常之人過的才是意志的生活。第一流人物所擔當的必然是常人所不能擔當的獨與天地精神相往來，特立獨行，視界高遠，所展現的是一種卓然的精神特質，不凡的志向抱負，高潔的人格魅力，是一種極難修煉成的第一流人的境界。名著《戰爭論》作者克勞塞維茨曾有一句話給人印象深刻：榮譽只能喪失一次。所以，做人一定要珍惜自己的榮譽，自尊自愛，不辱一世英名。看來歷史還是公正的，在某種意義上或許可以說，沒有建國後歷次政治運動摧殘的人生災變，顧准的松柏氣節、雲襟胸懷就不可能像浴火的鳳凰，贏得永生！

顧准因苦難而思索。沒有了顧准，建國後的中國知識界該會多麼失色！沒有了顧准，光芒四射的科學民主精神同樣會黯淡無光。顧准的故事是一部濃縮了人生苦難與智慧的傳奇，這樣的傳奇是英雄史詩般的，而古往今來的英雄傳奇似乎都在揭示同一個道理：上帝如果鍾愛一個人，也許會送他去地獄走一趟，走不出來的真的會下了地獄；而被希望的光亮所牽引，歷經磨難修得正果者卻上了天堂。

　　騁騁，寫到這裏，話又回到你當下的學業上來。關鍵的第四學年裏你是否能抵制不良環境的影響和慵懶生活的誘惑，繼續保持前三年勤苦好學、奮發進取的狀態？當然，對照顧准的第一流境界和人格意志，我們是無法類比的。但從降低一個層面來看，只要是一種有意義的追求，一種有價值的勞動，我們將和所有處於世界中心的人一樣，獨立地追求同樣神聖的目標。我們雖然微小，但不渺小；我們雖然平凡，但不低賤；我們雖然勢單力薄，但不軟弱無能。在這物欲橫流，信仰缺失，人格捐棄的生存窘境中，抱熱誠以幫助人，懷謙恭以禮下人，存關愛以體恤人，立人格以感召人，以我們對生命的敬畏，去為未來點燃一縷聖潔和希望之光。

　　這些年，奮發自強曾使你感到生命的充實和幸福，也使你逐漸體悟到自身的價值取向，看到自己的足跡向著更廣闊的未來延伸。在這承前啟後的轉折時期，今後凡事需要你自己去獨立評判、果斷處理，在艱苦的學習、生活中磨礪果斷、堅毅的品質和腳踏實地的務實精神。由於許多客觀因素的限制，也從培養你卓然成才的長遠前景考慮，今後父母不可能事事為你親力躬行。當你面臨人生種種重大選擇時，都需要你自己有膽有識地拿出主見和方案，都需要你自己去冷靜應對和處置，這樣，才能利於獨立自主地開闢屬於你的生命之路。

　　暑期中你留校強化專業訓練期間望能注意勞逸結合，防暑降溫。家中一切如常，勿念。

父字

2002年7月8日

二〇〇三年十月二十五日家書

關鍵語：人生旅程是一次智性而靈異的精神跋涉

騁騁：

由於眼疾的緣故，我已一年多時間沒有以筆談的方式與你交流思想了。日前欣悉院方為你舉辦個人畫展，再也按捺不住心頭的喜悅之情，提筆表示祝賀的同時，談一些我個人的感想。

從你的稟賦和精神氣質來看，你是一個守得住、有定力的人。這次美院在240名莘莘學子中，獨自為你舉辦「個展」殊非易事。這是你長年堅守寂寞、厚積薄發的結果，也是你靜思默察、艱苦探索的結果，可喜可嘉，我和媽媽再次向你致以誠摯的祝賀。

曾記得美學家朱光潛先生說過：「人生本來就是一種較廣義的藝術，每個人的生命史就是他自己的作品。」依此可見：每個人的一生都有一條向上延伸的精神曲線，我們的現實生活都依附在這條曲線上，並不知不覺地使它強大、張揚，只是人與人的起點不同，延伸

到哪裡的終點也就不同。在今天這樣一個談時尚、談小資，以各種各樣的物質成就為榮的時代裏，爸爸又來侈談人類的共同精神話題，似乎不合時宜。但我一直堅持認為精神是生命的本源，是生命中更深層的生命，是生命中最本質的能量，而肉體僅僅是精神的載體。我常和人這樣說道：「人類的肉體所以區別於動物，是因為它飽含著精神；人類的精神所以區別於上帝，是因為它植根於肉體。」人類發展到今天，如果還無節制地貪求物質享受，理性精神不斷喪失，靈與肉二者分離，人類同樣會走向自我毀滅之路。作為每一個具有獨立思考能力的文化人，無論他從事文學創作，還是音樂繪畫，學會感受、尋覓、成長著精神，在穿衣吃飯，娶妻生子的世俗生活之外，探索通向無限光明、安寧、摯愛和感恩的精神世界，在喧鬧浮躁的生存環境中，為自己保留一個開闊的心靈空間，他定會收穫面對自己而蕩漾的生命醉意。是無限的精神在滋養他的身心，他才能把自己的事業作為自己的生命果實來品嚐。附中四年你在藝術和人生旅途上的艱難跋涉，無一不證實你生命的飽滿和精神境界的高揚。我想這應該是人性深處真正的、本質的，也是永恆的需要。

從我的天性來講，對於思想懷有的興趣，遠遠大於對於知識的興趣。從文學到史學，或者說從史學到哲學伴隨了我30多年。這麼多年堅守的精神生活是單純而平靜的。除了我一直都很喜歡的考古鑒賞和詩歌創作外，就是讀自己想讀的書，思考自己想感受的人和事物，而後再去寫一些自己感覺可寫的文章。在我看來，在堅守自己精神家園的前提下，人需要學會走出去，還要走回來；需要學會從簡單到複雜，再回歸更高點的簡單。最後在人與社會、精神與肉體、進步與代價三方面學會極高智慧的「中和」與「平衡」。

開學伊始，新環境、新課程一切須在調整和適應中進步，秋深天涼，起居亦望善自保重。最後祝願驕兒在豐富美好的大學生活中快樂、安康！

父字

2003年10月25日

二〇〇三年十一月二十二日家書

爸爸：

　　夜幕降臨，一天的喧嘩歸於寂靜。今日院慶，人聲鼎沸，周身佈滿了躊躇滿志者。學院的輝煌在此時得以充分展現。

　　為籌備院慶，我也奉獻了許多課餘時光。辦個人畫展，設計招貼海報，攝影刻光碟，忙得不亦樂乎。慶幸的是，我的個人價值還是得到廣泛肯定，這也為今後的在校生活積累資本。

　　喜慶之後，又得冷靜反思這二個月的生活狀況。大學生活豐富而單純，但極其需要個人的非智力因素。面對生活，整個世界彷彿是由成百上千個零件構成的一台機器。每個零件都是我們的生活細節，這些細節需要我們不斷調整，潤滑。而這種純屬個人的調整機能，對於身處不可逆轉的現代化歷史進程和多元文化衝突的當代大學生來說，需要極強的自我約束力和清醒的判斷。我覺得當前對我來說，最寶貴的是時間。生活中不可缺

的瑣碎的忙碌，有時逼得我必須學會捨棄。我現在每天最幸福的時光，就是晚上回到住地靜靜地閱讀，不論是外語或是宗教藝術類的。對於一個愛讀書的人來說，有書讀的地方，便是天堂。這份嫻靜感是如此美妙，以至時間過得太快，快得我無法捉摸。但在那時，我的思維極其清醒。儘管我十分疲憊，我時刻告誡自己，不能用一種幻想甚至逃避的方式來面對自己的成長和生活，必須抓緊這完全屬於我的黃金時光。在以前，我靜下來時常會想到大地、宇宙等等，而現在，奇了怪，滿腦子的現實問題。我是否已從「柏拉圖」轉變為「亞里斯多德」。我想這利多弊少，這能幫助我準確判斷我的「行走」方向、速度、節奏及周圍環境，乃至今後個人的發展路徑。

前幾天，孫景剛老師跟我單獨聊天。他問我想選擇哪個專業，我直抒胸臆，道出了想進雕塑系的想法。他好像覺得難度挺大。但對於我來說，雕塑藝術對我的誘惑以及我對自身價值的滿足感，簡直如同欲將噴發的火山，可說是心儀神往。但我想凡事要成功，必須去奮鬥。如何使自我的定位離雕塑系更接近，我心中有個方案，正在醞釀進行中，如有進展，我會及時告知你。

我覺得有時我真是個大忙人，而且越忙越快樂。

隨信附寄兩盤磁帶，其中有石炯對我的評價和提
醒，有這樣的良師在身邊真令人高興。

兒　跋騁

2003年11月22日

二〇〇四年六月十日家書

關鍵語：用心去禮讚那存在於萬物生命中的美麗品質

騁兒：

收閱你5月25日來信，我內心十分感動，所謂父子情深痛癢關聯，隨著你酣暢的內心表白，我也不禁思緒聯翩……。

涉世未深的你，在經歷了「情感」與專業選擇的一場場戰爭後，儘管身心已十分疲憊，儘管還有來自各方的干擾，卻仍能回歸獨立、自信、堅毅的自我。面臨青春生命的重大意義的選擇，作出了果斷而明確的判斷，甚至為了藝術去作「絕望的反抗」。這說明在傳統繪畫和當代前衛藝術之間的選擇上，你目前沒有多少自主性。但是從另一個方面來看待問題：越是一步到位的主動的選擇，對選擇者來說，就越艱難越不容易，因為他要為這種選擇的後果承擔全部的責任。而判別這主動或被動選擇的優劣全在於不為環境的壓力而泯滅了內心的激情和追求，因為憑你的藝術天賦、資質和執著追求，

你的理想世界不僅僅局限於雕塑或其他藝術門類。那已存在的人類藝術寶庫，已有足夠的力量激發你昂揚的生命感受。更何況回歸到一切真正傑出的藝術作品中去，也不僅僅是為了獲取審美的愉悅，更是為了掙脫時下卑俗的生存狀況。前段時間，以你的生活閱歷和經驗來判斷和處理這些人生課題，（尤其是別人難以理解的內心深處的愛和痛），也真是難為你了，你能保持目前這可貴的精神狀態，殊為不易。這次「人生歷練」將成為你又一次命運轉折的資源和財富。

寫到這裏，我不禁發問，生命漫長而曲折，那麼天底下就沒有東西能讓我們安心倚靠了？答案是有的，那就是我們對藝術的感動，對美的體驗。我們能從藝術中強烈地感覺到人生的另一種境界，我們的精神不知不覺就會超越種種狹隘的存在形態，向生命的四面八方伸展。在今天的中國，藝術的這種提升和解放作用尤其顯得可貴，它不但能強化我們對頭腦簡單化的警覺，更能激發我們對身內身外種種平庸猥瑣的反感，而它的審美判別的最高裁決就來自人類所創造的全部偉大藝術，來自你個人與這藝術的強烈共鳴。不是嗎，從你這次來信中詩一般的鏗鏘語言中，作為曾是一個「文學青年」的

我，從你視藝術如生命的誓言中，我也同樣產生了一種強烈的共鳴。

繪畫之於你，是自幼從喜好開始的，而當這個愛好生成了你專事研習的專業或職業，並和你的人生價值聯繫在一起時，就必須超越那種本能的，簡單的自娛方式而踏入繪畫藝術殿堂的無窮奧妙中，從印象派到十九世紀的寫實主義，步步進入到古典繪畫的源頭……。求精微，才能致廣大；明妙理，方能行自由。美術非常需要藝術家有美感，因為美和崇高和善相連，是發端於心靈的東西。你在信中表達了渴望以自己一顆仰望的心，切切感恩的心，去禮讚那存在於萬物生命中的美質，一息尚存，追求不會停止。我讀了很高興，也很感動。你數年耕耘，艱難跋涉，走到今天很不容易。但你必須把現在的一切痛苦和歡樂看成你一生中的一個環節，而這個不能缺少的環節將與未來你所仰望的那個點連接。惟此我比較輕視藝術中的時尚熱潮與架上繪畫過時之說，並希望你不為新觀念、新媒介等紛繁迅捷的當代藝術的熱鬧景象所吸引，而不去看重水平與深度的恆久之理。真理永存，每個時代的人都力圖用自己的角度和形式去接近那神聖的真理。

　　上次去信，未能寫完，即草草郵寄，供你先睹。

今天接上信話題續述一番，你大概不會認為有蛇足之嫌

吧。手此並問。

　　一切安好！

父字

2004年6月10日

二〇〇四年九月十九日家書

爸爸：

今日上午觀摩《黃賓虹國畫書法回眸展》。300多幅書畫精品是從5000多幅中挑選出來，賓虹老人的一生真是太勤奮了。最讓人過癮的是藏館把他早、中、晚期的作品依次排放。大師的宏大的藝術體系清晰呈現於眼前。

黃賓虹早期作品由臨摹元四家的風格而轉變。山有脈、水有源，渾厚華滋，黑亮而透氣。看那點的力度，筆勢的多向性，形的呼應，黑與白的迂迴對比。我由此體會到黑中的白即「亮」，而「亮點」是須貫通且要用得十分珍惜，這與西洋繪畫的視覺習慣相仿。

畫真多，其實一幅就夠我看半天了。徜徉在那充滿情致的藝術長廊裏，你彷彿身臨畫境。其小徑的似斷非斷，雲氣的繚繞，山峰的層巒疊嶂，特別那山頭的形狀，洗煉而不概念，又與上面的留白構成氣的運轉，真可謂天籟之筆，妙趣橫生。同時，賓虹老人經營的畫面有別於西洋繪畫的真實感。那博大恢弘的氣勢，使小徑

可走、河流可淌、青山可攀,許多奇妙之處由你的視覺聯想去填補,自然成趣。

在晚期的一幅長卷中,我彷彿體味的並不是見筆見墨的繪畫,而是大師在書寫自己生命的續篇,或者可說為一種生命的寄託。那藝術靈性的高峰境界,超然脫俗的氣息,彷彿你能看到一位十分恬靜的老人如孩童一般在和你喃喃自語……。

流覽賓虹老人這位中國傳統派藝術大師的作品後,最強烈的感受就是:博大!他的畫不講媚美,只求大氣。他是一個有學問有膽識的人,所以他的畫讓人隨時能感受他胸襟的寬闊,學識的宏博,意境的深遠,筆致的遒勁。這種氣象氤氳到審美人格裏,卻是樸實低調、不動聲色,但卻天生具有一種身經百煉的堅韌和從容不迫的散淡。這種自信,即是賓虹老人藝術人生的深厚根基。

爸,您的信,我閱讀過了。哎!人性的弱點,需要自己點滴去完善。你和媽媽能比以前生活得更自信更快樂,我真的挺高興,挺激動的,平時也要注意多運動噢。

兒　跋騁

2004年9月19日

二〇〇四年十一月二十日家書

關鍵語：自嚮往到追尋

阿騁：見字如面！

　　幾次通話獲知，近來你又是辦個人畫展，又是為母校校慶撰稿，並兼修雕塑與當代藝術專業，可謂忙得不亦樂乎。

　　關於你舉辦第二次個人畫展的情形，只能從你寄來的照片上去領略一二。而你為母校校慶撰寫的〈追溯歷史、直面未來〉一文，我吟誦再三，感受到你內有緋緋、欲言又止，似乎內心深處早就在嚮往著什麼。只是以前未曾明確生活的真正意義所在，卻對它有充沛而無法訴諸任何形式的情感……其實，簡單地說，大愛無邊的人生就是一個嚮往。而嚮往的對象則常常是超我而外在的精神與物質兩界。對精神界嚮往的最高發展有宗教和藝術，對物質界嚮往的最高發展有科學與民主。前者偏於情感，後都偏於理智。嚮往的目標愈鮮明，追求的意志愈堅定，則人生愈帶有一種充實與強力之感。

　　與藝術理論相關聯，我還讀了你另一篇關於古典繪畫藝術的評述性文章——〈冷靜的思索〉。文中既有一個美術欣賞者驚奇沉醉的目光，也有優雅獨到的思考，文字精妙細緻，活潑靈動。在宏觀透視眾多古典繪畫大師中，對丟勒的「用線」，德加克洛瓦的「用色」，哥雅的「用光」，以及塞尚對形式與結構的提煉的闡述與總結，絕非人云亦云，而是獨具慧心地深入作品內核，層層遞進地剖析畫家那豐富敏銳的靈魂。從你個人畫展到這兩篇文字透露出來的才情和見識，足見這幾年來你由初始的嚮往到勇敢追尋，艱苦跋涉於藝術與人生路途上已有較厚實的積累。從中也可反映出無論是畫面與文字，在對你的內心發生作用，然後才抵達別處。從一片葉子，一朵花，一支燭光裏看宇宙世界。你的創作前提是為豐富敏感的內心，能夠把自己心裏看來令人不安或神秘難解的生命觀點表達出來，而不是為其他大而無當的背景或時代。即使作品涉及到背景、時代，也只有在個人性的體驗裏，才凸顯它可信任的一面。對內心的記錄，就是對時間和歷史最真實的記載，而其他的或許是陰謀、謊言，或僅僅是一個幻象。由此我堅持認為在生活中，思考比抗爭重要，發現比衝動重要，或者說思考和發現是與命運抗爭的前提。

六年多的在外求學的生活實踐，使你學會重新認識自己，認識生命，認識自然。獨自守護著藝術創作這生命中心魂相守的最寶貴的一部分。此時此地，這就是生命的神性所在；此時此刻，飽經滄桑、閱盡人間春色的爸爸祝願你：在這心高氣浮的生存境遇中，以一顆充滿人類普通情感和自由的心，心無旁鶩地用你的智慧和理性，點燃一盞人類誠摯的油燈。去照亮紅塵中蒙昧著乾涸的靈魂，為自己少年時初始的嚮往，也為著對歷史的一點祈求……

　　秋去冬來，起居善自珍重，我和你母現居南京，家中一切如常，望勿念。

父字

2004年11月20日

二〇〇五年三月十日家書

父親：

　　我不知道為什麼自己現在比任何時候都顯得不自信。心裏空空的，為何那麼早就體會到生存的無奈，美麗的充滿陽光的生活，為何對我來說是那麼灰暗。經受情感生活的衝擊、專業選擇的磨難，我的心已蒼老了不少，很多歡愉的場合，我都笑不起來。是我對自己太苛求了嗎？太想達到自己預設的目標了嗎？我有時想想，自己思維太活躍，反覆較大，有時又很極端。幾天了，我都採取逃避現實的心態，系裏填報專業志願的時候，我一直在校外拍照，試圖把自己置身於事外。那時，我才感到像我如此酷愛藝術的人太少了，這也許是我痛苦的根源。

　　唉！是否世上原本就沒有太多完美的事，我現在對油畫系越來越失望。我到底愛不愛畫畫？看到大師們的經典作品，才招回我那失落茫然的心。一些老師、同學畫的商業性「行畫」，真沒啥可看的。也許像我這樣的學生，只有毛焰和邱志傑老師才能駕馭。因為只有他們

那種開放式的授課方式,才能培養出真正的藝術人才。更可貴的是:他們把一種開闊的藝術視野和非凡的學術勇氣,把表達真善美的批評鋒芒,獨立的創造意識和學術理性植根於他們的藝術教育中。每次,經他們的耳提面命,我總有茅塞頓開,獲益匪淺之感慨。

在油畫和當代藝術的專業選擇上,我之所以優柔寡斷,進退維谷,現在仔細想想,一個人的性格決定選擇,而選擇又決定著結果,這是很難改變的。有人說我是一個在苦難的隧道中一直往黑裏走的人。我沒去想過這話的意圖,我只知道我還會順著苦難的通道一直走下去。因為在藝術的至高無上的臺階中,因苦難築成的基石是永遠不會坍塌的。而真正的苦難也並不只是有關生存,而是有關靈魂。當一個藝人進行一幅作品創作的時候,他就像進入一個獨立王國,並成為這個王國的主宰。雖然看上去他很苦,也很孤獨,但其實他是在任由他自身的性格和情緒在發展他的藝術想像和創造。在這精神國度裏,藝人的意志和情感能夠最大自由地渲洩和發揮的時候,也就是他最快樂的時候。

說實話,我十分喜歡畫畫,畫屬於我內心的畫,這裏可以尋找到另一個世界。我的每一幅創作都是一種延

續了內心張揚的情緒的作品，企圖在藝術中破解自己的生命體驗以及對世界的理解。把人的生命狀態呈現為各種絢麗的色彩，使得進入其間的人心跳加快極易沉醉，從而使自己的藝術創作的震撼力達到一種高峰境界。

　　人活著總該做點自己喜愛的有意義的事。我現在是在向命運妥協、向理想妥協。這封信要早點寫該多好。唉！人往往為自己留有後路，做事就不會玩命。如今事過境遷，大局已定，我已無力掙扎，只是向你，我最敬愛的父親，把我內心的情愫訴說一下而已。其他這裏一切都好，望你不必掛念。

兒　跋騁

2005年3月10日

二〇〇五年三月二十三日家書

關鍵語：讓感恩的種子在心靈發芽滋長

騁兒：

收到你3月1日一信，閱後心中悵然若失，繼而惴惴不安，多日來難以釋懷。常言道：當斷不斷，反受其亂。在專業選擇上，因隔行隔山，我向來尊重你的志趣和意願。但由於你缺乏堅毅果斷的獨立品格，最後還是順從了母親的主觀意見。如今事過境遷，大局已定，再追悔煩惱已無濟於事。況且近年來，我自從經受眼睛一度失明的打擊後，身心日益感到蒼老了。青年時期旺盛的精力，超人的思維力逐漸衰退，雜病纏身，衰象逼至，處處事事，力不從心，時常感到莫名的失落和無所依賴。然而生活絕不會被歲月的風塵掩沒，而今唯一依靠的是自身血液裏流淌著不屈的精神，頑強的意志。以前走過生活的溝溝坎坎，存儲在記憶中的許多故事，雖片片斷斷，卻鮮活真實地展示了我以及那代人的人生軌跡。既不怨天尤人，也不妄自菲薄，真可謂生活之樹常青，忠貞信念何方？

　　思昔撫今，與我的無奈和窘況相比，你卻有幸生長在與你的父輩所面對的完全不同的世界裏。既不深受政治運動與饑荒的困擾，又不背負沉重的歷史陰影。你成長在發展更加自由，眼界更加開闊的時代裏，個人可以選擇的道路前所未有的寬廣。然而，令人失望的是，據我對八十年後出生的當代文學藝術精英群體的細心考察，驚訝地發現：在責任感集體缺失的背後，隱藏著更為深刻的危機。在各種低俗文化環境薰陶下，大多數人眼睛朝上，推崇物質，自我精英化，對弱勢群體缺乏關懷和理解，對社會問題的看法畸形地片面。尤其是過高地自我精英化和他們並不成熟的思想和生活閱歷無疑會影響一代人的成長與他們的將來。

　　由八十年後出生的一代人的思想低能和人格缺失，使我自然聯想起對於哲學及人文學科的功用認識問題。八十年後出生的這代人由於現存教育體制的弊端和局限，在校期間沒有接受過系統的哲學思辨的訓練和歐洲人文思想的薰陶。因而只有頂著思想空白的腦袋踏入社會，成為一個一輩子對任何問題都沒有清醒、深刻認識的人。這些自以為是卻很迷惘的青年人豈不知哲學代表著人類對於各種基本問題的認知，包括價值觀問題，社

會問題，宇宙和人生等基本問題。沒有哲學思辨底蘊和人文關懷的文學藝術極容易淪為萎靡膚淺之作。如當下京派作家油滑貧嘴，以小丑般的調侃和自辱式的表現博萬民一笑；海派作家文風華豔、堆砌，迎合那些數千漢字也認不全，一眼迷離的小女生。凡此種種，造成當代青年文化精英思想低能和精神缺陷的原因是：對既成思想的不思考，甚至主動拒絕思考。由此我甚至認為如此下去，不僅僅是中國文化的危機和悲哀，更會釀成深刻的社會問題，因為80年後出生的這代人勢必將影響這個激烈變革時代的最終走向。

網路世界的出現和急速的社會變革可能迫使我們重新定位古老的思想傳統。然而責任感和社會問題的主動思考，並以自己的道德和良知作出回答，卻是他們成長過程中未曾徹悟卻要教授他們補上的課程了。正如薩特所言：「我是一個作家，作家的每一個聲音都要對世界負責的」。

驊兒，寫到這裏，平心而論，每一代人都迷戀於成為歷史的偉大組成部分，迷戀於自己或自己身邊的人用言語或行動改變世界的進程，也迷戀於被不同時代賦予不同意義的烏托邦。你有幸成長奮鬥在這個嶄新的時

代，因而面對著嶄新的希望和痛苦，凡事一定要目光如炬，心胸豁達，舉重若輕，堅毅果斷。不論是當代藝術，或是油畫雕塑，在你恢宏漫長的藝術生命的旅途中，將是一個個必將迂迴而過的驛站，最終到達的才是你百折不撓，奮力前往的理想彼岸。

2004年和過去的每一年一樣，不是完美的一年。對於我們一家來說，卻也有欣喜與寬慰，困惑與悲愁。在這個註定被無法定義的時代裏，在和眾多的人一同跨入2005年春天時，唯有文學的詩篇能給予我們最高和最溫馨的安慰：

> 春天，萬物生長，
> 生命之舟自由地揚帆遠航；
> 春天，百鳥歌唱，
> 人們歡快地漫步在田野山崗；
> 春天，陽光普照，
> 讓感恩的種子在心靈發芽滋長……

父字
2005年3月23日

＊補言：就你而言，觀察和認識世界除了專業的藝術眼光外，需要兩雙眼睛。一雙是科學的眼睛，一雙是文學的眼睛。望你近期課餘選讀一些文學經典著作，接受審美薰陶，與古往今來優秀的心靈對話，以提升自己的人文修養。

即日父親又及

二〇〇五年五月二十八日家書

關鍵語：放棄，有時也是一種快樂

騁兒：

從你和母親幾次通話中獲知，你自河南寫生回校後，心態良好，情緒平穩，並將於6月上旬隨邱志傑老師來寧策劃中國美術三年展。值此你難得如此平和的心境下，來信與你談二點人生課題中必須面對的思考：即一、善於選擇者勇於放棄；二、生命的終極意義僅是「自由快樂」四字。

前段時間，你在綜合繪畫與油畫專業的兩難選擇上猶豫彷徨，進退維谷，心緒十分痛苦。其實，你這個年齡本是各種思想雜亂並列的年紀，是認真地思考，也認真地痛苦著的年紀。在藝術追求的層面上，我知道你心中崇拜的英雄是享譽海內當代藝壇的邱志傑老師。他是你心中的偶像，一個真實的人，像火一樣渴望美和創造。無論任何險惡的境遇都不能阻止他追求心中不泯的理想境界。你一邊崇拜他生命的張力和堅韌，一邊又脫

不開傳統文化中庸平和一類的觀念，這部分來自家庭的影響，但歸根到底你是一個至愛至純的理想主義者，相信不懈的努力會帶來成功。而最大的成功不是世俗的承認，而是品嚐和極盡人生的各種可能性，以體現生命的尊嚴和價值，最後達到心靈的安詳。從人生的這個角度來看，瑞士化學家恩斯特啟示我們說：「願智慧引導我們安全地度過也許會重蹈覆轍的未來。」這裏所說的智慧就是面對現實，瞻望未來善於選擇勇於放棄的人能夠當機立斷，棄小圖大，「失之東隅，收之桑榆」。蝮蛇螫手，壯士斷腕，放棄的是局部，選擇的是整體；忍辱負重，臥薪嚐膽，放棄的是眼前，選擇的是長遠。其潛在的深刻涵義正如印度詩人泰戈爾所說：「我們唯有獻出生命，才能得到生命。」

其二，要主宰自己的人生首先要摒棄一些人們習以為常、甚至誤以為真理的荒謬觀點。事實上，衡量一個人智力水平更切實際的標準在於你能否每天真正自由而快樂地生活。如果你能運用自己的實際條件，尋求到屬於自己的幸福，充分利用和享受生命的每一天，那你就是一個極其聰慧的人。人活一世，草木一秋。一個人的大聰明大智慧說到底就是關於人生的學問，而不完全

局限於一事一物，一個領域。可悲的是許多人在學校裏掌握了大量的知識和資訊，在工作實踐中積累了許多技能，經驗。他們可以解決工作中的實際問題，擁有各種職稱頭銜，但卻領悟不到生命的真諦，永遠埋頭於無休止的事務和名利追逐中，無法讓自己的心靈得到片刻的安寧，也無法領略生命的愉悅。

自由是要奮鬥的，快樂是需要智慧的。一個人所有的才幹、知識、學歷、經驗都是手段，生命的終極意義其實僅是「自由快樂」四字。從這個意義上說，無論高低貴賤，每天都開心地微笑的人才是最聰明的人。

再過兩天，我和你母親同去歐洲旅遊，飄洋萬里，對你未免牽掛。臨行前，匆匆寫上這些，目的是希望你快樂幸福。

父字

2005年5月28日

二〇〇五年六月十七日家書

爸爸：

　　此次，我參加了中國當代藝術三年展，感觸甚多。
最強烈的感受就是在當下藝術陣營龐雜，觀念混亂的情
境下要保持清醒的頭腦。

　　我清醒地意識到中國當代藝術家的卑微性：個體藝
術風骨的缺失，本土優秀文化傳統的淪喪。完全處於對
美國為首的西歐當代藝術的模仿階段，而渾然不知自己
所處的歷史文化語境和應承擔的責任。

　　在美國或西歐，當代藝術已模糊了藝術與非藝術的
界線。特別在美國這樣的經濟強國的文化霸權之下，一
批歐洲的藝術家也只能俯首稱臣。即便在美國吃得開的
那幾位藝術家也無非得到「三M黨」的認可。（三M黨：
Market市場，Museum博物館，Media媒體）只有得到
「三M黨」的認可，你才是大師，否則，你的作品就是
一堆垃圾。作品完全是觀念占主導，越不靠譜越牛。

　　進入市場經濟改革和網路時代的當代中國，其文化生態呈現參差不齊眾聲喧嘩的多元景觀，既沒有西方明顯的代際變化，也缺乏歷史性演進的有序性。一方面前現代的陰霾依然盤旋在社會底層和意識深處，而現代主義的反叛尚未充分展開，就被加速運行的社會轉型懸擱起來；另一方面後現代圖像與幻影文化所投射的巨大超現實，正在製造一個分裂、差異的世界。異化感、焦慮感等現代人的困惑加劇，主體性急劇解體，歷史感不斷弱化。置身這個頗具荒誕色彩的歷史現場，中國的當下藝術狀態要麼打中國牌去老外那邊嘩眾取寵；要麼完全模仿，作品就為出口而作。毛澤東曾說過：「藝術為人民」，而現在異化為「藝術為出口」。

　　整體現狀的悲哀，不由讓我聯想到置身其中的當代藝術教育。冷靜分析，學生太依賴於一個個偶像而沒有自己的思考，也不深入研習本國的傳統文化。我認為越前衛越要往傳統裏扎，否則其藝術即為無源之水，無根之木。同時不要認定前衛的東西就是精髓，最前衛的東西也是需要歷史來評判的。如當代藝術使用的影像、裝置，隨著科技的發展，將會有更先進的東西所取代。而我認定繪畫是人類永遠不會拋棄的一種藝術載體。

在外來文化對中國主流藝術的強大衝擊之下，我越來越珍視本土的歷史文化遺產。我感到即使我去國外深造，在這之前，我必須有精深的中國傳統文化素養來支撐自己，這樣才能形成自己的評判體系和價值標準。這一點對於身處浮華世界的我來說，簡直太重要了。總之，我想無論中國當下藝術狀態多麼令人憂慮，但大浪淘沙，我會努力錘煉自己，發憤食志，以求將來一逞。

兒　跋騁

2005年6月17日

二〇〇五年十一月二日家書

關鍵語：護衛自己心中神聖的精神價值

騁兒：

許久沒有給你寫信了，一來是眼疾的限制，用眼久了，便覺酸痛。二則是心情不佳，擔心我行文中流淌的憂鬱情緒會影響到你的人生態度。

時光荏苒，不覺我們舉家來南京生活已逾兩載。兩年中，我對這個省會城市各階層人物生存狀態的細心考察和分類調查，真實地看到了由官場的腐敗，社會風氣的惡化，人性的墮落，官民的對立，貧富的懸殊所交織成的深層次的社會矛盾和危機，使本來就對國家前途命運憂心忡忡的我，更增添了胸中的鬱悶。數月前與丁、楊的爭執，又以兩敗俱傷而告終。一時間，個人、國家的前景，在我的眼前變得暗淡起來，看不到催人奮袂向前的希望。而以前多年的故交，有的一蹶不振，有的熱衷於功利，有的沉湎於酒色，也已星散。此時此地的我，如獨行荒原的疲憊旅人，既找不到前行的路徑，

也覓不著聲息相投的旅伴，四顧茫然，不由得我一噓三歎，愁不能寐，真切地感受到了人生的無趣。

為了排遣和減緩這心靈的孤寂和痛苦，我又開始默默地寫起詩歌。用詩來抒發內心的一腔孤憤，同時也是以詩為媒，增進與南京一些文化人士的交往。於是每到一處，每經一事，感物詠懷，聯類取譬，即興記下了一波波心靈深處的理性絞動，詩意地呈現了我的肉體之痛，心靈之憾，良知之苦，道德之澀。每寫完一首，孤芳自賞，我的靈魂也會受到衝擊乃至震撼，感受到一種理性激情的催發，催發我走向陌生而又新鮮的認識境地，從而達到一種前所未有的心理沉靜。

「文以載道」。我一貫以為，當代關懷本質上就是人文關懷。作為八十年代理想主義的寫作與思考，在當代文壇上已經微若一豆螢火，散佈在星羅棋佈的多元化、多中心的個人化寫作之中。儘管歷史的進步顯而易見，也儘管多元對一元的消解功績有目共睹。但是，當下學界「知識與權力共同體」的形成，事實上已經導致了社會批判力的淡化與弱化。在這樣的語境中，作為一個有耿耿心氣，以剔除社會醜惡，剖析社會問題為己任的人文學者，我的詩文同樣有著他非其所非的執著：即

真誠、悲憫、寬容，彌漫著激濁揚清，大道宏議，祛弊匡世的人文精神，表達的是對善和美的期許，對醜和惡的不齒。與此同時，也表達了我的思想旨向：即為文者抑或為人者，當是平和沖持，寬大為懷，向美向善，方臻其境。

不可否認，二十世紀九十年代後期，隨著我們所處的文化語境由思想啟蒙時代向商業時代的急切轉換，我們走出了一元意識形態的罩蓋而進入了當代這個荒誕怪異的社會之中。國民的靈魂遭荼毒，精神被異化，每個人的頭腦顯得那樣的萎靡和空洞。趨利避害，及時行樂，是今天普遍的社會心理。因而啟蒙與批判，懺悔與抗爭，也不再是人們心中神聖的精神價值。有些學者，甚至不惜鈍化自己的良知，冠冕堂皇地去迎合實惠哲學，消費主義的盛行。

無庸諱言，無論我過去是一位律己至嚴的「苦行僧」，還是今天作為一個有歷史使命感的現代意義上的知識份子，面對社會現實中的種種不公與醜惡，要我背過臉去裝聾作啞或作潔身自好狀，這輩子恐難做到。作為一個詩人，我的心靈必然會有異於常人的敏銳，有了此一敏銳，對自我生命的價值，以及生存於此的社會制

度環境，必然會產生深刻的懷疑和批判。這本是一種生命的自覺，須要以身力行，方可達到那至高的境界。

我年近六旬，飽經人生憂患，對於世俗名利，已是心淡如菊。唯國勢的險危，憲政的艱難，民生之福祉，無論是困居故鄉無錫，還是羈旅金陵，仍孜孜兀兀，念念在茲、不敢懈怠也。

一腔孤憤，滿腹憂慮，耿耿此心，盡付家書。吾兒明達事理，閱後當能鑒之諒之。

　　　手此並問

安好！

　　　　　　　　　　　　　　　　　　　父字

　　2005年11月2日　於赴寧遊學二周年紀念日

二〇〇五年十一月六日家書

父親：

　　每當收到您的信時，我都有一種自豪、激動的情緒。的確，隨著年齡的增長，我覺得我體內也流淌著一種詩人氣質的血液。儘管這種膽汁質氣質的人比較容易厭世，但他每天卻充分地活著，存在著。他愛，他憎，他做事不論結果，一切都是堂堂正正的君子風度。人生短促，我們的煩惱大都來自於我們太執著了。對於世事無常的不適應，這需要用智慧去理解和應對。

　　想到拜倫，一個天才詩人為何出征希臘投入那麼危險的戰役。是啊，在他三十多歲時就已對世界厭倦了，於是他選擇出征。命運成全了他，他也成為了史詩。不過，我不太相信天才，特別是在當下的藝術領域。打個比方，等我畢業回家，我的那個小屋，你們也一定會給我留著。那麼就在這間小屋裏，憑藉想像力，閉門造車，可能出大師嗎？絕對不可能。因為即使我的作品出來了，但這對下一代人不會有多大的影響力。因為我的工作方法脫離了這個社會。最近，我在畫一批畫。開始

與預想比較接近，而隨著深入，畫面本身是有生命的，你無法控制它，不過這樣才有意思。就像柏拉圖所說「人最難的是認識你自己」。對，這裏有個過程。但一開始你是不知道的，如果起初你就知道你是什麼的話，那你活著還有多大意義？

我在思考面對這個世界，我們怎樣從虛脫走向超脫。人活在世上是脫不了俗的，但我可以向世人證明：我雖是一俗人，但我的作品絕對不俗。我喜歡藝術的原因就因為藝術可以給你製造一個「場」。儘管當下的藝術是在「名利場」的效應下運行，這是大趨勢，暫且不管。我指的藝術是一件指鹿為馬的事，好玩就在其中。這是培養我們想像力的最佳途徑。人沒有想像力，是沒法活的，至少對於我，對於您這位一生多夢的「行吟詩人」，爸爸，你說對吧。

我們時常把倏忽而來飄逸而去的事情說成是夢，我們也把想了很久，不再放棄的事情稱作夢。從這個角度來說，夢想與現實的結合或許還是一種夢想，但人生要是連夢想都沒有，我將如何面對未來。

最近，在我畫畫過程中，會有很多其他意象來襲擊我，很有可能在中途就順著其中一種我認為更有挑戰的意念而走下去。一切都是未知的，這才能激發我的創造

力。我也同樣希望我以後的人生道路是未知的，有各種可能性需要我去奮鬥，去嘗試。本來藝術是可以滋養一個人的心靈，改造人們的生活方式的。其實我們每個人體內都有聖人的潛質，需要我們去修煉。但我現在始終清楚我所要承擔的責任，雖然未知是嚮往的，但有些事還是需要規劃、經營的，否則人生會成一盤散沙。

　　這段時間，我思路理得比較簡單，主要先畫好這批畫。充實的生活節奏可以使我減少無病呻吟。睡得香，胃口好，工作精力超強，這是我心中的強者。在這個社會中，你必須是強者。否則你就得演戲，在比你強的人面前腿軟，在比你弱的人面前得意忘形。只有你強大了，你才有你自己，無須管別人怎麼認為。特別是畫畫的人身體要棒，這可是與體力相抗衡的差使，身體不行，創作也長久不了。

　　其實，我總覺得你和媽媽的心應放寬一些。有時太「執著」，只會給你們帶來煩惱。經常出去走走，早晚鍛煉身體。

　　有點晚了，為了不影響明日工作，就此擱筆了。信沒有謄一遍，字跡不工整，請父親諒解。

　　永遠愛您！

兒　涂跋騁

2005年11月6日晚12點

二〇〇六年四月五日致毛焰老師函

毛焰老師：您好！

　　這是我第一次給您寫信，有些唐突。可能是好久以來淤積在心中的困惑沒有向人訴說的緣故，今又遭遇腳傷，無助之下，給您寫了這封信。

　　開學以來，我一直在畫創作。畫了一批，以觀念為主，盡力把前一段時間所思考的東西表現在畫面上。在畫的過程中覺得工作量挺重要的，有工作量才可能有說服力。畫到後一個階段，才有一點駕馭畫面的感覺。在繪畫過程中盡力擺脫當代繪畫大師的陰影，重新審視自己的工作方法。每天工作十來個小時，不累，且特有幸福感。

　　前幾天，在朋友家不慎被開水燙了腳，傷面較大，行走不便，只好待在家裏養傷，同時也給自己創造了冷靜反思的機會。我覺得自己現在特矛盾，且又面臨考研的專業選擇。您也知道我現在身處油畫系，卻心繫邱老師的當代藝術系。下學期大四，就要考研了。是繼續留

在油畫系，還是考邱老師的展示文化研究中心的研究
生？（注：展示文化研究中心的研究生，以培養策展人
為主要方向）從父母角度考慮，他們還是希望我留在油
畫系。我覺得人如果按照一種慣性去生活，是挺可怕
的。儘管我表面上對父母也作了妥協，繼續留在油畫
系，還像現在的學習狀態一樣，只要邱老師在杭州，他
的課也不放過。但隱隱之中，心裏總有一種東西在顫
動，使我沒法說服自己。

我覺得藝術家現在挺低微的，只是為了換取貨幣
而工作。聯想博依斯他們，以及黑山學院那一批人的理
想：藝術是要改造人們的生活方式的。邱老師在教學生
的過程中，我覺得比較成功的是：他不只是教學生做出
好作品來，而是教學生一種藝術態度，藝術的工作方
法。學生學會這種工作方法，今後無論做什麼都會產生
一種幸福感，而且也擴展了自己其他方面的可能性，進
而使自己的生活進入藝術狀態。而不是像有些所謂的
「藝術家」，心靈枯竭，還在造作地展示自己的無能。

我目前在盡力尋求自己今後的藝術發展道路，與家
庭之間的平衡點。讀邱老師的研究生，對我吸引的地方
是從他強大的體系中，自己能吸收很多養份，使自己的

工作方法既踏實，且有許多可能性。而在油畫系，除了技法上，老師還能給我些批評之外。其他，我真覺得吸收不到什麼，而且一點都不當代，甚至有些老師認為那些只是胡搞而已。儘管他們挺喜歡我的，也不干涉我畫什麼，怎麼畫，自由度是挺大的。確實，畫畫是件挺個人的事，待在哪兒畫也無所謂。但我總覺得自己有一種使命感，畫家在當代藝術這個情境下的任務，不只是自己待在畫室裏畫畫，畫商從畫室把畫買走，這種工作過程很難影響下一代人。

我覺得一個藝術家要搭上時代的脈膊和節奏，也就三五年時間。搭不上就像油畫系的老師這輩人這樣。在我看來他們不當代的緣故，也挺真實的。他們沒法選擇，他們不可能像我們80年代出生的人那樣去面對畫面，就像昕中旺那樣，只能畫農民。這其中並無孰優孰劣，只是個人追求不同而已。從中想到自己，到我這樣的年齡段，應具備對自己以後的藝術生命的主動經營意識了。

我記得您有一次跟我說過：「老師並不重要，重要的是自己對生活的觀察和體驗。」冷靜想想，是這樣的。週邊條件是可以創造的，重要的還是看你個人的積

累和素養如何？我常覺得，處在一個讓自己很不安的環境下工作，可能更有反抗性以及突破自己的張力，從而發展新的自我。

從您對我的瞭解，您能對我當前不成熟的藝術觀提出批評，以及如何使自己的藝術道路儘量向可操作的方向上推進，提出一些建議。

另外，附上我最近寫的一篇文章〈我創作，所以我活著〉。

涂跋騁

2006年4月5日

我創作，所以我活著

我們每個人由於周遭的境遇不同，都會有各自的原始創作衝動去訴說什麼。我們可能遭遇什麼，我們擁有什麼，如何形成工作模式？這些是藝術家首先要面臨的，其次，實驗性在創作過程中是尤為重要的，羅蘭‧巴特所提出的「零度寫作的概念」是指在創作的過程中不帶任何先入之見。創作過程其實是作者努力把原始衝動放棄，使自我消失的過程，這是解構主義純粹的實驗狀態。創作還要經過語言加工的過程，藝術家的任務就是如何把日常語言的符號改變成藝術語言，並輸送回日常系統。我們的想像、潛意識是日常語言的變體。創作過程是向日常生活擷取形象，獲得創作資訊的。在此，我們必須質疑：這個世界上垃圾已經夠多了，藝術家拼命去追求標新立異，爭取新的事物必要性何在？一個新的藝術創作表達方式的產生，最大的效應是藝術語言向日常語言體系反向輸送的過程。從而拓展人們的日常的想像力，啟動既定的單向度的思維模式。

工作價值是通過工作過程來推進對自我概念的理解。個性是我們創作的起點，創作只是為了把我們的個性留下痕跡嗎？我們的個性又可分為現在的個性和未來的個性。薩特曾說：存在主義就是人道主義，存在先於本質，人是有自由選擇性的，每個人並不是生來就是英雄或罪人的，人對於康德來說是一個計畫，一個進程，是一個未完成的方案。上帝的完成有賴於我們的完成。人的擴展也幫助了世界的潛在力的發揮。

藝術家和思想家、哲學家最大的區別在於：藝術經驗賦予我們驚奇的是我們用手去創作而藝術不能在工作之前去設想所有的工作細節，需要行動和情境的互動，行動才能產生大腦無法統計的感性事實，而不只是理性的困惑。動手行動會比大腦擁有更多的信息量，工作方法可以引發情境的改變。我們通常把原始創作構思作為目的，創作過程好像是為了準確地再現原始創作衝動。這種工作過程會使我們錯過很多美景和奇遇的可能性。

作為擴展自己可能性的期待，是不能太多考慮別人的理解能力的。我意圖的不斷改變，其效果往往在別人身上發生，於是意圖的理由可以讓別人來找。我的作品不是為了說服別人，而是自我的發現，自我的推進。在

發現與推進中實現日常與藝術，我與他者的相互輸送。我們要積極應對中國的傳統文化，不能只停留在安守本分的層面上。我們在修身養性，滋養的是自身的浩然之氣，展開的是世界奇妙之氣。所謂造化之氣，便是在他與我的互參之中形成，是天人合一的過程。我創作，所以我活著。

　　人不是渾渾噩噩的活物，我們可以說的要清楚地表述出來，不可說的就要把它做出來，我們要「從日常系統中來，到日常系統中去」。在各種藝術現象背後，都有權力運作的痕跡，也可以說藝術是一種權力關係，但並不意味我們就是依順體制，而是積極地參與體制，啟動體制，進而修正體制，使體制朝著更開放的方向運作。

涂跋騁

2006年5月

二○○六年六月十四日家書

關鍵語：藝術生命就是深刻的思維和崇高的激情

騁騁：

今年開春以來，你藝事頻仍，屢獲佳績。4月參加在杭州舉辦的「世紀之星」油畫展；5月參加在深圳舉行的中國八大美院師生聯展；6月又接受邀請，將參加由青年藝術家參與的當代藝術展。這些展覽，對你擴展和推進藝術生命的可能性，既是嘗試，又是挑戰；既能展示個人風采，又可找到差距不足。這對一生專注於藝術鑒賞的我來說，對此的支持，可說是義無反顧。但從另一面來看，你現在作為在讀的大三級學生，你面臨的責任更重、路程更遠。在今明兩年的同一時段內，你除了要創作更多更棒的作品，去迎戰2007年的畢業作品展之外，你必須不放鬆外語的日常不間斷的練習，從而以成竹在胸的姿態報考研究生。這可是提升你學歷層次和學術水準的一次重要的歷史性轉折，它對你以後從事美術教育和藝術創作將奠定厚實基礎，對此千萬不可掉以輕心。

凡此種種情況。全在這關鍵性的時刻發生，要做到既不顧此失彼，也不坐失良機，最積極最有效的辦法是按輕重緩急，有取有捨的原則去冷靜應對。當然過程中的艱辛和勞累是不言而喻的，並因此需要你具有一種獨立承擔的勇氣和力量。無論是對創作、學習，還是生活中的自我。因為一個不能從自身汲取力量和不可能在自身內部發現其生命意義的人，將會依賴於他周圍的環境，將會在自身之外為自己尋找方位——在某人某處中去尋找。這樣儘管他看上去在行動，但事實上他僅僅在等待……真正的堅定不移應表現在依靠他自身而不是他人，他有力量保持清醒獨立的思考，保持他韌性的戰鬥精神、健康的自製和對世界獨特而不是調和的觀點。

藝為心聲，文為獨白。藝術是人生的結晶，是生活的感悟。用心靈、誠摯去創造藝術。把失去的記憶，把當下的記錄，把未來追尋。以此觀照，現今，當代藝術正日益成為自由的王國。尤其是劉小東、蔡國強、徐冰、張曉剛、方力鈞、劉野等人的作品，更成為藝術市場的狂歡。由於它與現實生活息息相應，在他們的作品中，我感受到了自由的呼吸和強勁的心靈顫動。它的當代性、互動性、參與性、可操作性以及它的未來性吸引

了海內外新興收藏家的大力介入。如張曉剛的〈失憶與記憶〉、王廣義的〈大批判——耐克〉、曾梵志的〈跳水——自由的空間〉以及方力鈞的〈泳〉、劉野的〈她是那麼美〉、劉小東的〈風雨交加〉、劉煒的〈水調歌頭〉等，蔚為壯觀地勾勒出這一領域最為活躍的當代先鋒派畫家的基本風貌。

當代先鋒派畫家異軍突起，他們的作品則成了藝術市場的「新寵」。然而一件有現實或歷史感的繪畫作品，不只是一些故事的敘述，也不是簡單地在生活的經驗的表面滑行，它應該深入到人性和世界的隱秘地帶，應在精神和存在面前展示一種力度和激情。正如十九世紀初以新的姿態崛起於新古典主義畫壇的藝術大師安格爾說過：「藝術的生命就是深刻的思維和崇高的激情，必須賦於藝術以性格，以狂熱！熾熱不會毀滅藝術，毀滅它的倒是冷酷」。

與此同理，以活躍於國際藝術舞臺的中國前衛藝術家邱志傑等人為核心，當代藝術家似乎正以「集體亮相」的方式，衝擊著原本已經龐雜的藝術陣營。無論是「當代先鋒派」，還是「抽象表現派」，我認為都有其大放異彩的合理之處。只是創作中的人文價值與生命穿

透力，還需要時間來檢驗。因為當代藝術創作是一泓豐富而龐雜的新型文化，是一種在全球化語境下具有中國特色的動態發展的藝術形式。它無疑反映了當代青年藝術家整體的特殊的對生活及世界的思考方式。他們雖然擁有比以往更廣闊自由的歷史文化環境，卻依然擺脫不掉對歷史與傳統的承續。上一輩人的文化積澱與內外部多種力量交織而成的張力鍛造著他們的心智人格、行為方式。然而，自由所帶來的欲望壓力又迫使他們強烈地渴望建構自己的文化認同。在這個過程中，他們意識到了自身在歷史面前的渺小與無力，焦慮與不安。如對精英政治文化，政治威權的質疑到英雄敘事的徹底幻滅。藝術家們在身心錯位的特殊年代裏，時時被矛盾和焦慮所困擾著，限制了更深入地開掘其存在的涵義及內在潛力。因為藝術與時代的關係畢竟是一切關係的根本，不管用何種方法，屬何種流派，沒有哪一件經典作品不是表現它的時代的重大精神問題。人是中心，人是太陽，沒有哪一件偉大作品不是書寫著靈魂的歷史。只要能尊重生命、尊重精神、尊重自由、反抗奴役，當代藝術的發展前景就依然是廣闊而美麗的。

面對當代藝術畫壇的熱烈場景，你作為一個初出茅廬的新銳畫家，一定要發掘屬於你自己的內在表達方式。並嘗試通過你獨特的表達，捕捉到你這一代人的生命體驗，以此探尋當代藝術所折射出的社會轉型期人們的生存境遇及無所不在的人性凸現。在創作技巧和形式上，可採取具象寫實與抽象表現，新古典主義與當代藝術相契相合之路徑，用充滿智慧、幽默和強烈的視覺吸引力來形成自己表現主義的獨特的風格和符號……。

騁騁。一口氣寫到這裏，意猶未盡。無奈書寫時間過長，眼睛感到異常酸痛，只得就此擱筆。家中一切尚好，望自重。

　　　　手此並祝

藝祺！

　　　　　　　　　　　　　　　　　　　父字

　　　　　　　　　　　　　　　　2006年6月14日

卷二

知冰室隨筆

二〇〇三～二〇〇六年

拷問靈魂　感恩上帝

——在一次登科酒宴上的發言

各位來賓：

按國際慣例，發言都得有關鍵字。今天我的關鍵字是：感謝、感恩和感激。

感謝各位能參加這次聚會，我十分感動；

感恩上帝賜於我挑戰生命的機會；

感激父母對我成長所付出的心血。

下面我向大家報告我一個月前的思想經歷：當高考錄取分數線公示的時候，我吁了口氣，從附中到大學，中國美術教育最高學府這臺階我總算邁上了。但接下來，卻突然感到一陣空蕩蕩的，一連幾日，無所適從。那感覺就像我初學游泳時那樣，人在水中，浮力很大，卻游不起來，只能漂著，不知何去何從。幾天下來，生活對我來說真是百無聊賴。

不行！不能這樣下去，我總該留下點什麼。於是我嘗試著寫日記，到時候回頭看看，至少還留下點文

字，沒白活。使我驚喜的是，一周以後，翻看日記，我突然找到一些線索，冥冥之中，我感到一種生命的危機感在拷問著我。我是什麼？我在何處？人為何活著？我試問藝術家為何而活著，為成名成家？為渲洩一時的激情？還是為了人類的終極關懷！這些大問題可能需要我一輩子的探索、追尋。但在那時那刻，我強烈地感受到一點：只有你知道你是什麼，什麼是你最需要的，你才知道你該幹什麼。人們可能在左顧右盼的馬拉松式的物質追逐中氣喘吁吁，可是你內心深處真正需要的，不容能言善辯的人來代替你選擇，從而把自己的人生落入他人的「鬧劇」。其實，人生有許多出於自然的享受，例如：愛情、友誼、欣賞大自然、藝術創作等，其快樂遠非虛名浮利可比。而享受它們也並不需要太多的物質條件。明白此理後，就會自覺地和世俗的競爭拉開距離，借此為保存其真性情贏得適當的心靈空間，去痛快淋漓地享受生命本真的種種快樂和幸福。

如果有選擇，我將選擇藝術創作成為我的人生使命。我創作，所以我活著！

我常在夢中憧憬：在那人類科技文明尚不發達的時代，那些畫宗教題材的匠人們，他們虔誠地把全身心的

愛投入其中，甚至米開朗基羅連腳泡爛在鞋中，也全然不知。我很羨慕那種忘我的工作狀態。有許多藝術家常說，把自己奉獻給了藝術，其實我覺得這是一種忘恩負義的想法。當你從事藝術的那一天起，你就是一名幸運兒，用一個詞來概括，那就是「天恩」！因為藝術可能使人生困頓於迷惘，卻可能造就某種高貴的氣質以及對世界的透徹理解，並在人們親歷的觀念變遷中，融入我的全部心血和熱情。

最後，感恩上帝賜於我創造藝術的使命！

祝各位來賓長樂永康！

中國美院油畫系　涂跋騁

2003年7月24日

等待

　　等待是一種焦慮。時間像一把鋒利的小餐刀，一片片切割你鮮紅的心。那劇烈而持續的疼痛絕不是來自想像，而確實是生理性的。如果沒有毅力控制，你會大聲呼喚，低聲呻吟。你呼喚著等待的對象立刻出現在面前，你哀求著，甚至願意付出一切來交換。這時，你能聽見一支巨大的秒針在天空咯嗒咯嗒地行走。如果意志稍一疏忽，你會用最乾脆的手段自殺，以解除無盡的苦痛。

　　等待是一種幻覺。幻覺的力量有時比信仰更堅韌。但由於等待的時間太長，負荷太重，一不留心就跌入了渺茫的失望中。有時幻覺會使人植物化，使人變癡變傻。你佇望著等待的方向，遠處的風景變得美麗鮮亮，照亮了被黑暗所包裹著的你。在等待中，風景漸漸與你脫離，周圍的一切都離你而去。只有等待的對象降臨，才能挽回你生命存在的真實。為輕舟激水的人生找一歸宿，為夕陽殘照的時代留一注腳。

等待是一種宿命。它會讓一個最虔誠的信徒呵佛罵祖，然而一旦等待的對象降臨，猜疑往往會轉化成瘋狂的愛。因為一切迷戀都憑藉幻想，一切理解都包含著誤解，一切忠誠都指望報答，一切犧牲都附加條件。於是有的人只有在熱鬧的交往中辯認自我，有的人卻在靜靜的等待中認識了自己。

等待是富有音樂性的。它時而昂揚，時而低迴，聽憑音樂的清流從天堂傾瀉而下，帶著溫暖的呼吸與落寞的節奏，一直與天際的日月星辰相接。但有時在絕望的深谷裏，連最後一絲光線也掐滅了，你緊咬牙關，品味著純粹的黑暗。於是你會發現，黑暗也是一種光明，光明就誕生在黑暗裏。

等待源於希望、源於愛。優秀靈魂的愛其實就源於對人類精神的泛愛。因為我們每個人都是這世界上一個旋生旋滅的偶然存在，從無中來，回到無中去。愛是給等待最意味深長的贈品，受此贈品的人，從此學會愛自己，也學會了理解別的孤獨的靈魂和深藏於它們之中的希望和愛。

等待是一種偉大的藝術。它把人訓練得堅忍、平和和寬容，像一座千年等一回的火山。等待是美，等待的

對象是美的，你為美的對象所投入的生命是美的。在等待中，你視野中的一切喪失了功利性，顯示出晶瑩的質感的美。也許在那一刻，你感受到這焦慮不安的等待，為的是給生存尋找最理想的通途，為生命尋找最美麗的寄託。

等待的對象也許最後沒有來，即使來了，也還有下一次等待。於是等待本身作為一種生命運動方式，從等待的目的中抽象出來。等待便是生命，便是希望，更是人生一面獵獵飄揚的旗。

讓我們像佛教徒念「阿彌陀佛」，基督徒念「阿門」那樣，在心裏輕輕地、自然地念一聲「等待」。

涂跂騁

2004年6月

收穫生命　也收穫思想

　　中學對我來說已不是記憶，我彷彿覺得那似乎是一段空白，挺可怕的。人在那段時光好像陷落了，我來自哪裡？走向何方？這幕時光電影，真的無法追尋了嗎？

　　此刻，我腦海中依稀呈現出幾個富有個性的面孔，這些面孔相互重疊、拉伸、旋轉，彷彿在訴說著他們的焦慮，這些幻象隱約見證著我的成長。

　　就我的成長過程來說，中學時代可能是我最不願意去回顧的一段歷史，因為那時我被老師視為我行我素的人，這與當下教育體制的無奈是息息相關的。況且，數學使我非常頭疼，這門學科對我的衝擊和影響不亞於911事件。

　　在外地求學多年，覺得那時候我還不太會去體諒老師的良苦用心。不過我覺得那個年齡即使犯了錯，上帝也會原諒的。有一件事到現在我還是不明白，有些中學老師都不是十全十美的，為何要求學生十全十美呢？這可能是中學教育體制的一種思維慣性，我們面對這種慣性應作何思考呢？……

中學裏可說的東西真是越來越少，想了很久，只有以上這麼幾句話，而且是亂七八糟的東西堆到一塊，其中大部分是批判性的，沒有什麼好玩的，只有憂慮。

但是雖說無奈，在河垾中學的那段時光，對我以後的創作思路還是有很大影響。人無論如何成長，孩時的經歷，常常會像影子一樣縈繞在腦際。就如魯迅寫的小說中，往往有很多情節都是對童年的一種追溯，甚至院子角落裏的一塊瓦片、一條小毛蟲，也可能造成他創作中的情緒的悸動。

人要勇於面對自己的歷史，中學時代對我的做人準則的培養和意志力的潛在提高是非常重要的。特別是在我考上美院附中之後，低調的處事態度使我非常受益，這讓我贏得更多的時間去審視自己，以各種方式表達我的思想。

我們處在一個物慾橫流，感官刺激極具誘惑的年代，這都需要我有平靜的心態去面對，摒棄外界的干擾，用人類最原始也最理想的思維方式去思考，這會把我向一個健康的方向牽引。我經常銘記一句格言：「只有你知道你是什麼，什麼才是你內心的真正需要，你才知道你該幹什麼」。人只有懂得孤獨才懂得愛，懂得友情。

即使我現在處在第一流的美術學院，也深切感到：一切說到底是靠你自己的奮鬥，老師和同學的影響都是次要的，最重要的是你的悟性和執著。另外對大千世界的敏感，用心去觀察周圍發生的事物。人與人的碰撞只能觸發生活中的精明，而人與自然的交流才能開啟生命的智慧。你要讓你的作品打動別人，首先要主動被表現的物件所打動。其實，藝術創作永遠是眼高手低，如反之，那等於這人的藝術生命劃上了句號。畫面的深刻性，基於你對繪畫的虔誠和對人類生命的終極關懷。

異鄉求學的生活使我可能有一種新的視角，對當下社會轉型期的審視，對自己今後發展方向的定位，對生命過程中的種種體驗，的確是從離開父母後才逐漸形成的。生命承載的各種責任和壓力，只有當你直面挑戰，而無太多依靠時，才會真正體悟到。

由於家庭教育背景的豐厚，自我學識修養的積累，我的創作思路極為廣闊，彷彿體內儲存了另一個「世界」。同時我們學校是當代主流藝術的一塊前沿陣地，與各大人文學院之間的學術交流也相當活躍，在這種「多元互動，合而不同」的辦學方針之下，藝術上早熟的我已在美院舉辦了兩回大型個人畫展。作品展出後反

響強烈,展示效果和思想內涵均得到老師們的較高評價,同學們也從中受益匪淺,我想這是我對母校的最好回報。

在母校60周年生日之際,謹向母校獻上最誠摯的祝願:

十年樹木,百年育人,根深葉茂,桃李芬芳。

涂跋騁

2004年10月24日　寫於杭州中國美院

草莽中國

　　最近，讀完葉曙明所著的《草莽中國》一書，一直沉浸在閱讀的興奮和思考之中。此書除了全景式地勾勒出近代中國社會變遷的格局及其關鍵歷史人物的喜怒哀樂外，還對影響中國社會變革的內在規律作了理性的探索。

　　作者在著重分析地緣政治、文化傳統與歷史人物的三者關係時指出，在中國近代歷史上，所有對社會發生深刻影響的政治運作，如果是發源於南方，或由南方人來領導，對中國社會的進步幾乎都有非常積極的作用。像戊戌變法、辛亥革命、北伐戰爭。而如果源自北方，則對現代文明多帶有破壞性色彩，如義和團運動。因為北方具有最雄厚的專制文化基礎和成熟的官僚政治體系，並標誌著君臨萬邦，四夷賓服的天朝中心的至高無上的權威。

　　清朝滅亡了，但維繫清王朝的封建專制文化體系及觀念卻沒有因此而消亡。所謂民國，不過是新舊都督據地為王，兵戎相見，爭權奪利的草莽英雄時代的來臨。

就連革命的先行者孫中山，雖然深諳西方憲政體制的文明和進步，但要在中國掀起革命，成就大業，他也不得不借助幫會，並以「洪門」幫會頭目的身份周旋於綠林草莽之間。而幫會恰恰是中國封建文化中最黑暗的一面。這樣無奈的舉措，對滿懷自由、平等、博愛理想的孫中山來說，是極具諷刺意味的。

土壤已經鹼化，再好的種苗也難以滋生。總統內閣制在歐美各國運轉自如，在中國卻成了精緻的擺設；所頒佈的各種法規條令，與實踐運作風馬牛不相及。私家的軍事力量就是一切。孫中山崇高的道德理想和喋喋不休的說教只會被軍閥們恥笑，於是，「孫大炮」的綽號傳開了。而軍閥們，不過是歷史上劉邦、朱元璋那類流氓無賴的翻版。這個時代的強者只有一種人：手捧孔孟書，心迷皇帝夢；外表像聖人，內裏是草莽。華夏大地彷彿成了一個由軍閥、土匪、政客、流氓、聞人、奸商等各色人物粉墨登場的大舞臺。在這個舞臺上，只有心靈極度扭曲變態的人，沒有絲毫的真實與美感。從這個意義上來說，民國的歷史成了一場「亂哄哄我方唱罷你登場，反認他鄉是故鄉」的鬧劇。

草莽時代，意味著舊秩序的失控與新秩序的空缺。草莽英雄們，顯然不可能有追求自由經濟、民主政治、多元文化的理念。如當年的西北軍和東北軍都是以綠林好漢為班底的。他們往往為了「義薄雲天」的道德準則，就可以不顧成敗利鈍，更不顧法律程式，可以採取一切非常手段，包括宮廷政變、暗殺、兵諫、暴力流血，甚至發動大規模戰爭，均在所不惜。湯武革命、周滅殷商，成為中國千百年來政治變動的必由之路。這是草莽文化給中華民族留下的一份痛苦遺產。傳統文化的缺陷與人性的弱點相結合，使這個民族只剩下對權力無休止的渴求。這是中國的悲哀、歷史的悲哀。

　　在魯迅看來，歷史是鬼魅的庇護所。而傅科則說：深藏在歷史背後的是「存在的話語」。這種話語在某一瞬間抓住某一個人，儘管這個人如何了不起，他也會像齊天大聖一樣跳不出如來佛的掌心。時間久了，被害人與作案人，吃人者與被吃者的界線模糊了，於是歷史就成為了群魔亂舞、鬼怪聚宴的狂歡。

　　南方開始革命，東部緊緊跟上，北方搖旗吶喊，西北猶豫觀望。這竟成了近現代中國社會變遷的一種格局。變革是否成功，最終將取決於西北的向背。變革的

浪潮席捲著南方和東南沿海，這僅僅是一個開局，它最終能否衝破黃土高原的阻隔，使大西北接受並追隨這場變革，才是成敗的關鍵。歷史是會重演的，因為歷史並不會消失。天不變，道亦不變。

這是一種非常悲觀的想法，在我讀完此書的時候，我不得不接受作者關於歷史命定的推論。那麼多美麗的謊言，像秋天金黃色的銀杏葉一樣隨風飄逝；那麼精美的巨大青銅塑像，被拋進煉獄裏，五馬分屍……中國歷史的創造者，不靠憲法、不靠人民，只靠槍桿子。他們不是實業家、不是金融家、不是商人、不是學者，而是草莽英雄，是綠林好漢。冥冥之中，莫非真有定數？對於歷史來說，如果這一切都是不可避免和不可變更的，還有什麼話可說呢？

儘管人們知道，那個死守舊體制的政府是社會發展的一大障礙，但迄今為止，還沒有人找到根治惡疾的良方妙藥。這種政治制度，成了近二百年無數流血革命的直接誘因，但每一次革命，除了製造一批新官僚填補被推下臺的舊官僚遺下的空缺，幾乎沒有觸動權力的基本結構。這是為什麼？原因究竟在哪裡？

雅斯貝爾斯低沉的聲音自回音壁那一端傳來：「誰以最大的悲觀態度看待人類的未來，誰倒是真正把改善人類前途的關鍵掌握在手裏了」。

在光明與黑暗並存的這個世界上，生活在中國，現在和將來的人們，面對日益洶湧澎湃的全球化浪潮，將作怎樣的思考和選擇呢？

涂跋騁

2005年10月

卷二

致友人函文

一九九三～二〇〇四年

報朱季海先生

（癸酉五月十日）

季海先生尊鑒：

　　垂示殷殷，非才何幸！乃悲僕居塵壤中，身與強融而心欲遠之，斯言何異血針，先生之知我，至洞骨髓。因念年來蹤跡，飄蓬無止，為世網之下，苟全身首，雖在治世，縲紲何殊。每至夜深，讀書入靜，乃復捫心自省，覺是塵務經心趨競未息，固非素志所好也。養性全道之人所以遺世忘形，至今思之，榮枯哀樂，同歸於寂滅，信是至道。而我所以將頹然自逝，雖質性難苟，未合世心，而就中亦不無違世求安之志，宜乎先生一笑也。

　　先生中懷，僕深所感焉。所謂「憂時感事」者，亦情之常也。先生所憂，悼遲暮耳；先生所感，傷不遇耳。駿驥同乎牛駑，美玉埋於瓦礫，實一時之窘促，名播士林，聲流遐宇，更在異日。先生豈不聞賓虹老人稀壽九十方且變法，而吳昌碩乃四十學畫，高常侍五十學詩，仲尼亦曰「五十以學易，可以無大過矣。」且壽夭

在天，亦在自修，修德至厚，雖顏回不為夭，使賓虹微斯德，則雖千歲不永。先生所懷高遠，風標絕倫，正自功德無量，僕實崇仰。縱或時有不濟，得二三知己，休戚共之，詩酒忘之，聚則遊之，離則懷之。何如乎鳶馳鶩趨哉！屠龍技成，雖抱之以死，無憾也。

鄙人固陋，而觀文喜簡。今人為文每以屋內架屋，細故蒂芥輒行同包裹，味同嚼蠟。京人王某尤淫於斯，且恃以為能，而後學乃有爭習者以為時髦，矜誇辭藻，殆同賣瓜，蠹文甚矣。嗚呼，世風人心如此，是知大樸難於立名，而輕狂可驚世也，豎子稱雄，誠可哀哉！

先生之文章，不圖精進如斯，觀夫文氣，匪獨矯逸其勢，抑亦辭采清發，此則當世之希聲也。而今庸音糾錯任爾交擇，此不可不辨。鄙素許直，不發不足以騁其性，陋見闇滯，拂之可矣。真可謂：大鈞湯穆，人之微末，唯道與齊，故居常可靜氣，何患得喪耶？誠如是，心實所甘，吾復何言！匆匆具此，言不能盡意，無乃甚逆先生之耳否！

明明頓首

報朱季海先生

（乙亥十二月四日）

季海先生台鑒：

　　刻奉手教，先生之深意可見矣。昨於書肆購得陳子莊畫論一冊，及歸讀之，竟不忍釋卷，緬想其人，慨然慕之。自恨生晚，復傷其不壽，無緣一見耳。至誦其平生磊落不偶，乃掩卷欷歔，不能自已也。彼性曠奇，積學亦深，而畫境獨詣，常流不能夢到。又所論真率，時有妙得，自成精義，而品格古偉，卓然一家也。其性沖淡簡逸，吾以是高之，料他人觀不到此，惟先生與僕將有神解暗合者矣。

　　近來多觀畫展，其間雖略有可觀處，亦往往祇以技巧勝人，恃玩靈氣。若言及襟抱才情，差之遠甚。至於胸中學養，尤屬蛙蝦井轍，不足與論高下也。是知六合之內，書畫雖為薄技，以一夫之智窮之，猶不能到其萬一。即如賓虹之高（其所作多以神遇，故久讀不敗），亦惟一端而已。昔者徐青藤、米襄陽論書，非獨惜墨，抑且意遠，而賓虹之散論，語亦閎簡，味之彌厚。噫，

哲士墨蹟、高賢文章，睹陳跡猶承恩渥之親，是道之不朽也，諒非汲汲之輩敢望哉！

先生卓礫標峙，誠方中美範也。然以僕觀，未必能全道氣，何哉？傲不足以容俗，性又不能含垢藏瑕，是許由所以洗耳潁濱，夷齊所以饑餒首陽，皆出一轍也。大道無欲，無知無始，忘身忘親，高已！天下未有至是者。吾輩自沉於人偽久矣，通禪體道宜以上求之，斯乃為可矣。先生欲泊然遊於大化，與道污隆，於此宜有心得，以為然否？

頃來移居城西，使小軒接臨池沼園圃，每夜分雨歇，輒蛙聲入耳，小得園田之趣，庶少塵埃。莫不道人生如過隙，蹉跎之感積有日矣，遂乃深居簡出，靜志違俗，類可與道神馳耳。

錄俚句二則承笑，即乞教之！秋盡，謹自珍護，不宣。（詩略）

明明頓首

上程及先生

（丁丑十二月廿八日）

程及先生台鑒：

今秋先生榮歸故里，未及拜謁，不勝歉疚。承賢侄婿華念萱老師薦愛，不揣冒昧，致函先生並恭請福安。

昔時曾聞先生在錫滬兩地奮發圖強盛事，今又拜覽先生留存家鄉之彩畫精品，睹其磅礴，會其文心，景仰之情，實難言表。通過書畫可見先生情性有獨到之處，思慮深沉，氣度超凡，此皆具高深學養所致耳。

先生貫通中西文化藝術，且上達詩化意境，令人擊節三歎，殊為欽佩。鑒於以上種種，晚雖不才，亦願竭誠為先生作傳。以廣為介紹，俾使先生所摯愛的中國同胞得以瞭解並熟悉先生不同凡響的藝術思想和精湛造詣。

竊以為一個藝術家就是一個博大的世界。一個孜孜求索於藝術人格與審美人格者，更應有一部嚴肅而莊重的個人藝術生涯史。由此而映照出整個時代與世界藝壇之燦爛。先生為飲譽世界之現代藝術大師，對此，晚敢

竭鄙誠，惟仰先生俯允，惠我有關資料。則桑梓幸甚，江南幸甚，全國幸甚者也。

先生年逾八秩高齡，回顧、檢視過去人生藝術道路之軌跡，無論從理論或實踐上均極宏富。如加以整理和總結，庶可充實藝術寶庫，以啟迪後學，昭示未來。

先生為國人、為家鄉贏得了世界性的崇高榮譽。晚忝為故園鄉誼，理應為先生樹碑立傳。至於編寫這部傳記式的文學作品之成功與否，晚當勉力為之。屆時如蒙先生不棄，當面聆教誨，並依據先生年譜草擬綱目、計畫呈請先生垂察。

　　　　　　　　　　　　專此布達　即頌

　　藝安！

　　　　　　　　　　　　　故園後學　涂明明敬啟

致朱學勤先生

（辛巳十月十日）

學勤兄文席：

四日一別，倏忽已逾一周，而君翩翩儒雅之風采，猶宛然在目焉。古人云：人之相敬，貴在敬德；人之相知，貴乎知心。君德識高遠，耿介標峙，誠士林豪傑，學界之美範也。余凡二次晤君，幸以心交，且屢屢以內中困惑奉教。君誠信待我，不推人過，不棄淺陋，指點迷津，匡正歧義。此不特吾咨嗟遠慕，感銘五內矣。

近日重讀顧准遺文，緬想其一生遭際多艱，不禁血脈賁張，慨然仰之。掩卷沉思，吾以為大陸學界，惟顧准洵稱空世。其所思所作，蓋竊天火以自烹者也，故久讀不敗，愈參愈妙，所謂漸入漸無窮者。反觀今世文壇之怪行狀：榮寵位尊者未必能副其實。大抵塗抹駭世，洋腔俚調，恃弄靈性，堆砌符碼；且苟且取悅，以勢為傲，眾口囂囂，比周而友，是何鄙俗耶！其間一二格調略清者，亦往往適性抒情作斗室之雅而已，惡得此恢弘廣廓之境哉？此乃良知襟抱使然，非才智之不逮也。

　　經師易得，人師難求。君心智澄澈，世事洞明，堪步寰中，時發他人所未見，含英咀華，卓識鋒出，極有創言。始知君平易包容，胸襟廣洽，所以江濤海浪生來腕底，亦洵非偶然。余生性剛直，少年憂國，意氣自雄，放達不拘，幾成狂疾。目今老至無能，唯以讀書賞畫為樂。藝道之間，審夫動靜之趣，以知韜顯之殊，即生即化，漸臻通達平和之境。

　　此次晤面，君來去匆促，人生種種情懷甘苦，信非一二言可盡者。何日執手，把酒臨風，與君暢敘衷曲！此祈為道珍護，尊夫人處一併問安，不宣。

　　　　　　　　　　　　　　　　　　弟明明啓

致朱學勤先生

（壬午四月五日）

學勤兄撰席：

二月滬上訪君歸來，泊此已是四月。春老花盡，嘔心在素，不勝懷想殷盛矣。弟既久居俗下，自知菲薄，奔競心退，沖和日滋，處約守簡，含經味道，亦別有一番境地，仁智之樂，於茲分矣。然弟實不肖，雖劬力勤苦於學，奈中智下才，不能自悟。況與此雖謂有年，終是日淺，功夫事業，豈三五年可見端倪者。要須年深日久，或有所得，亦未可知。既境界未開，正宜潛心謹修之，此亦諸長者向所誨誡也。

隨函附上擬於集散成冊的詩稿數篇，尋章摘句，諒不足觀。君宅心寬厚、品格高偉、略無崖岸，是謂獎掖後進，無惜齒牙餘論為序品題者，斯則敝人之幸也。弟有內疾，恐不永壽，若失機緣，則塵草掩滅勢所不免。嗚呼！數十載孜孜澹泊生涯，一朝化為腐朽，其可悲也已。吾兄嘉善而旌能，願有以哀之。

　　今之吾也，出乎溝瀆，陷於榛莽，而志節清澈，不同下流，此亦所以差足慰心者也。況交遊日以廣，識見日以深，師友之愛日以厚，吾又何求固爭於世，逐味於庖廚之間焉！是以心性漸寧、胸臆略闊，雖在市郊，何妨乎空山之養！此大小之辨，人不解也。然嘗有友人曰：惟吾宜有入世之心出世之性，善哉斯言！

　　所寓離市稍遠，略得園田之趣，雖苟簡，足以容身自安。時下正氣候溫潤暖而未暑，弟敢請迎兄鶴駕，以臨草舍小住，梁溪湖上風光 可頤心養壽矣。匆匆具此，不盡之意，唯囑為道謹自珍護。貴夫人處一併示過，祗候萬福！不宣

　　　　　　　　　　　　　　　　　弟明明頓首

明志篇・致友人

（壬午正月八日）

伏以榮枯為本，形氣為人；紛紜乍興，邪偽縱橫。庶持身以介足，將種玉而耕心。袖裏千山，梅英疏寂；臆中七略，結案有燈。山河未易，佇清寒而懷遠；風景已殊，關蕭瑟而知春。

予嘗觀於古人，聖哲韜光，達者輕名；仁智者樂，虛篤者清。江河其志，湖海其襟。藏穎於未遇，修身而躬行。安貧賤而忍辱，恥趨拜以逢迎。順陰陽之嬗變，知倚伏之相生。庶得時以兼濟，亦澹然而弗驚。無慍無喜，不伎不爭，乃流聲於斯世，復千古以垂名。

嗟哉！何此生之不長安於斯，其天道之欺我乎？求積行以進藝，遂負笈而遠遊，睇京城之路邈，踵華嶽之秋涼。對昏鐙而獨寐，恨襟懷之未開。青山漸老，紅葉堪留，往者已矣，來者不休。接萬里之空闊，吟長詩以自酬：天地自悠悠，吾心亦悠悠。

噫！萬物生於茲世，盡碌碌機心。江湖雖闊，獨罕知音。登瓊台而詠歎，期百歲之簫琴；忽行雲之

竟去，遽負我之高吟。感吾身之既有託，曷遑遑兮復飄零！

嗚呼！曠達物外，其惟陶莊乎？寄跡形骸，其惟文章乎？柔毫醮雪，窮灑尋常之若味；淡墨凝煙，盡陶方寸之疏狂。在詩在酒，在雪在霜，在阿在藪，在梓在桑，敢謂秋葉夏蟲，其如懸冰何？

時壬午正月梅開時節　明明志

九竹齋記‧致趙建華先生

　　春有草樹，山有煙霞，園有修竹，皆是造化自然，非設色之可擬，故賦之為齋。高軒憑欄，翠湖平堤，飛簷雕窗，竹影婆娑。或清賞，或品茗，文才藝才，一時俊才咸集，書道茶道，皆謂正道氣象耳。

　　在外者悅目，在內者賞心，在我者生意，三者相摩相磋，而興出焉。其時，金陵脈系，江左風流，無不興懷感物，流連酬唱。可謂求精微處致廣大，明妙理者方得行自由也。此番情理若與自家情趣無相入處，則物色只成閒遊，識者遑論及乎？

甲申中秋吟夢居主人　涂明明撰文

2004年9月　南京九竹齋刊石

吟夢居詩稿

一九六七～二〇〇九年

自序

　　詩詞一道，研習宜漸深漸專，興會則可遺貌求神，遺辭求氣。然世人之悟，各各不同，茲才情所限，未易入其肯綮。何妄言窮究其奧矣。

　　余本為江南士紳子弟，遭逢亂世，身履血火，幼失所學，故頑鄙不知世情。及弱冠，遊履漸遠，始稍稍近乎君子之側，聞其緒餘，知有古今。於是沉耽風雅，浸潤詩書，長自得無悶，不思飽暖。孰意迕世侵深，宛如隔代：棹一葦而放任，援七弦以琤琤；敲玉溪之殘句，續白石之遺聲。林泉佳處，可托體於丘壑；魚雁多時，或附書於故人。言輒忘情任筆，興會神馳，行若不可遏、凝若不欲流，而蕭散磊落之氣，冥冥然發乎肺腑也。

　　環顧歷朝詩家卓望諸子中，予偏嗜李義山、後主、易安三家。尤獨鍾愛義山詩，其才氣襟抱逸出眾表，詩風綺麗穠豔、涉想奇絕、聯類取譬、幽美雋永。七律之俊朗，對仗之工，不著刀斧，泂個儻才子，抗志從容，冠絕唐季。律詩之婉轉可人處，實不遜詞。然詞亦有

174　別：鋪張陳情，長調足任矣，若求其意趣，則唯小令是
長耳。詩詞亦各其美也，要須不泥一徑，適性是施。誠
能兼其所有，則何樂如之。

　　吾之才德，洵不逮先賢遠甚，猶有厚學廣見之識，
輕夫一技之獨善。欲效先賢偉智長才之儁，心開異途，
墨濡奇境，獨出手眼，良有大修焉。於是一燈一酒，一
卷一詩，內無迷於心智，外無惑於榮衰，全性養心，抱
樸守拙之謂庶幾矣。

壬午正月梅開時節　明明志

無家別二首

（一九六七年）

一、

燕巢蟄居數十年，如今屋破遭流離。

四海無家蜉蝣夢，光陰荏苒望故里。

二、

荒郊野渡出虎口，一宿青燈自可愁。

流落風塵斜雨裏，書劍兩行寫春秋。

北國鄉村渡口一瞥

（一九六七年）

岸畔幾人家，孤舟繫水涯。

秋風飄木葉，颯颯浪飛花。

異鄉山居春興

（一九六八年）

日暖花融草滿汀，耳熱酒酣柳色青。
枝間翠鳥鳴求友，淵底蛟龍陟負萍。
異鄉光陰任荏苒，天下高士難訪尋。
感時對景情何極，思親悲來淚涕零。

世道

（一九六八年）

世道復何如，南北遠索居。
蠟炬支殘淚，囂城攪夜眠。
日永將愁遣，春歸奪夢先。
榮枯爭咫尺，滿眼一丘墟。

思鄉

（一九六八年）

故鄉春歸了無涯，干宵野哭走百家。
五更悵望留孤枕，猶如殘燈照落花。

無題

（一九六八年）

炎涼春秋更，干戈遍國中。
脣槍定是非，舌劍論功罪。
日坐愁城裏，夜臥幽廬中。
盼得重陽日，千語話知己。

戲言江青

（一九六九年）

帝都紅影星，翩翩舞彎來。

江山窺隱見，雲物指點回。

文藝開棋局，罷官得獎盃。

春光滿吳楚，萬里一登臺。

示故園親友

（一九六九年）

梧桐葉落鎖窗門，鳥棲高枝夜正深。

抬頭未見天上月，俯首盡書胸中文。

流淚眼酬流淚眼，斷腸人憶斷腸人。

可憐春殘百花落，更堪杜鵑啼斷魂。

無題

（一九七〇年）

自有詩才自不知，少年愛讀義山詩。
襟抱未開錦瑟在，百端難語尋舊師。

自況

（一九七〇年）

今年徹底貧，不復具一囷。
日高對空案，腸鳴轉樂軸。
寒梅忽已花，老荀欲成竹。
平素飯蔬食，至此也不足。

春夢吟

（一九七一年）

五年一覺棲崇嶺，但願長醉不用醒。

豐草綠縟花也睡，佳木蔥蘢鳥正鳴。

遇興高歌詩百首，等閒再倒酒一盅。

潛夫自有孤雲伴，可要王侯知姓名。

鳳凰臺上憶吹簫・和元東

（一九七一年）

湖海飄零，秋來愁重，衡陽忍對斷鴻。讀四詩哀絕，異筆同形。羈旅人人有恨，不似我，歲歲愴情。念去路，渺渺不明，簇簇霜生。

相逢，夢已零星，二三點韶華，流水朝東。歎八千雲月，塵土功名。我讀青史欲絕，更哪堪，風露寒冰。今方信，何能匹夫，時事英雄。

中秋望月

（一九七二年）

晶瑩白玉盤，溯源知何年？

不向屋簷就，獨浴一天寒。

好高人愈忌，過潔世同嫌。

誰憐桂華單，竟夜伴書眠。

春日偶感寄同窗

（一九七三年）

文罷凝神思同窗，未及十年盡參商。

當初多少學故地，如今幾個話衷腸。

誼重不隔山河遠，情深何懼日月長。

喜看青青一隻雁，來往報安錫惠崗。

讀元東兄題照七絕，感而賦此

（一九七三年）

雙照含愁一絕新，幾番細視幾番吟。

啼鵑帶血衷情在，哀鴻寄書熱淚頻。

巍巍鍾山始感重，茫茫太湖結誼深。

願為管鮑刎頸交，不作章台贈柳人。

馬山村居隨筆

（一九七三年）

每欲出門怯路滑，桑樹成蔭接鄰家。

陣陣清風掃籬圃，濛濛細雨潤桑麻。

晨雞聲響喚旭日，炊煙繚繞送落霞。

田疇稚子歸來晚，柳塘村婦呼睡鴨。

寄友病榻

（一九七三年）

遙知病魔犯君身，助時無計愧偷生。

眼前猶見掙扎狀，耳邊如聞呻吟聲。

日不進食肝欲斷，夜難入寐淚尤傾。

何日長鷗重伸翅，萬里鵬程談堯舜。

題贊香山先生雲山圖

（一九七三年）

吾師雲山圖，磅礴書春秋。

一收天工作，三日不移目。

墨飛北溟魚，筆殺中山虎。

始知丹青力，能令鬼神伏。

浩瀚雲天界，杳冥川山谷。

紫靄繚繞松，傲然數峰突。

豁達激方寸，迴曠感五腑。

縹緲凝七魄，蒼茫醉雙目。

泰嶽望朝日，不及毫端木。

廬山訪仙洞，怎抵雲山圖。

浩氣沖日月，雄姿震千古。

感師傳神筆，稱頌草此書。

思友

（一九七四年）

秋被寒菊抵死摧，今年秋向去年回。

跋馬望君非一度，冷猿孤雁不勝悲。

感深秋梧桐

（一九七四年）

韶光易逝冬將至，青葉飄落奈何之。
喜得根深體固在，抽芽開花待明時。

幽夜書憤

（一九七四年）

天寒地凍風敲窗，小樓獨坐伴燈光。
柔紙鋪成愁千片，鐵筆流出淚百行。
尋真未遇災先降，跨鶴無成身已傷。
何處又聞犬吠聲，忽高忽低摧斷腸。

行路難

（一九七四年）

走盡崎嶇路幾回，寸心久欲濟滄海。

詩書不譜平生志，天地偏賜一身悲。

月明霜淡人皆睡，影薄燈殘我難寐。

遙憶夢中多少事，杜宇一聲肺腑靡。

憶南陽元東兄嫂

（一九七四年）

恩絕書斷幾周星，身世飄浮水上萍。

鼓泉山月成舊夢，梁溪風日度蒼生。

常恨人生春不復，猶愧鵬翅展未逞。

每憶兄嫂整衣處，心悔神悲淚沾縷。

寓中歲晚遣懷寄呈南陽諸君

（一九七四三年）

一、

離眼已無寐，更堪孤寂恨。

欣喜函如故，惆悵人不逢。

三更夢正遠，七載道未靖。

琴書聊寄傲，浩歌待東風。

二、

愁眼已入夢，更堪衰病中。

蕭蕭窗竹影，嗚嗚水禽聲。

搥胸民方急，四顧虜未平。

一身那敢計，雪涕為時傾。

浪淘沙・答元東

（一九七五年）

手捧甲寅稿，能禁嚎啕？ 一聲低也一聲高，為報肺腑血淚訴，何忌人嘲。

夜深幾時了，殘月樹梢。魂魄繞君君知否？盟鷗即為斷腸雁，忍將君拋！

謝春池

（一九七五年）

少歲出廬，曾是壯懷如虎。雲路漫，長驅入塵，看落花無數。歎流光，竟成虛度。

雕鵬墜地，歷盡世間孤寂。恨梁溪，銷溶傲骨，舴舟飄搖。況風波不止，這情思，訴與誰知。

秋題金陵莫愁湖

（一九七五年）

閒入莫愁湖，迤邐信步走。

餐風望月閣，飲酒勝棋樓。

紛紛紅葉墜，點點征人淚。

莫愁知何去，空餘一湖秋。

夜書頤和園

（一九七五年）

晚入頤和園，迴目視八方。

山水靜悄悄，天地何茫茫。

金獅守門庭，銅牛伏岸上。

玉泉屹對面，萬壽臥右旁。

瓊樓影綽綽，玉液波漾漾。

林深鳥自語，夜闌花更香。

麗景鎮吳楚，珠姿壓瀟湘。

無奈驚世跡，卻對愁客腸。

山色因心遠，泉聲入目涼。

不見起鸞鳳，認看戲鴛鴦。

徘徊紅廊下，輾轉綠水旁。

肺腑覓不得，獨覽情更傷。

題詠十三陵

（一九七五年）

陡峰入削戳碧天，綠水橫溢滿山前。

陵排遠近十三座，松經風雨五百年。

瓊樓望斷人眼醉，地宮走盡客膽寒。

千古是非憑誰定，一派風物萬代傳。

感寄香山畫師二首

（一九七五年）

一、

寶函一封屏六張，足令遊子樂如狂。

平生未曾開凡眼，今朝疑是入仙壤。

奇境造險南極地，天趣橫溢瑤臺上。

不是畫師得意作，焉得神筆千秋揚。

二、

青綠華滋屏六張，一躍廳牆滿屋香。

園開妙跡鶯花海，客醉東風翰墨場。

雲山潑成千堆翠，松柏染出幾痕霜。

斷橋平湖誰人渡，許子白娘共彩舫。

故宮今日

（一九七五年）

客子誰令遊故宮，長廊短階步履匆。

東西宮裏今冷落，南北殿中蒲空庭。

瓊樓玉宇徒耀眼，珠寶猶存人無蹤。

當初豪華誰能記，後花園中不老松。

無題

（一九七五年）

高臥幽廬中，經年不染塵。

哀樂迫中年，遲春入夢境。

螞蟻上大樹，猢猻稱人君。

是非憑誰定，詩書仔細論。

十年浩劫

（一九七六年）

十年悲歌慟天地，半哭蒼生半哭己。
傲骨如我世未奇，嶙峋卻見此支離。

書生

（一九七六年）

椎心泣血英雄種，伏案斗室濟世窮。
聽風聽雨聽驚雷，一瓣心香祭蒼穹。

山居夜讀

（一九七六年）

萬籟俱寂獨自醒，夜讀史書過中巡。
梅竹義士追佳思，才人雄圖化佛經。
二三星斗胸前落，十萬峰巒腳底青。
班生不遂封侯願，多少風流待再吟。

三十初度感事寄懷

（一九七六年）

小借人間旅，屈指三十年。
只因性方剛，坎坷難測夷。
許國不謀身，頻連遭挫陷。
左支復右絀，何以呼直言。
此身疏閒逸，豈容邪惡欺。
激流滔胸中，凜風侵單衣。
天地存正氣，矢志不偏移。
一朝展鵬翼，血淚寄轅軒。

丙辰感事奉贈孔香山八十韻

（一九七六年）

江南少年客，春日返故園，
誰令三生幸，與師會鼓泉。
拜謁常抱遲，聆教實太晚，
倉促二三面，怎及千萬言。

一別師長面，爾來百餘天，
朗音猶在耳，慈容如眼前。
心常懷舊地，夢不離鼓泉，
春山已皺老，秋水也望穿。
關山隔千重，何以話詩篇。
天地各一方，怎盡肺腑言。

感師恩義重，贈屏又寄函。
恰如及時雨，灑在旱苗間。
孤獨小樓中，平地起高山。
寂寞庭院內，忽成春滿園。

玲瓏西湖境，浩瀚太湖水。
不及高師筆，殺盡美江南。

我自經世道，國北又國南。
風雨蕭殺中，崢嶸三十年。
人生多險夷，勝敗豈能免，
茫茫乾坤內，愈走路愈艱。
花潔難尋偶，況乃離群雁。
滔滔南國中，幾人共心弦。

世路多艱辛，人情險惡間。
雨打芳蘭折，日暮鳥雀喧。
生死等鴻毛，矢志不偏移。
眼見朔風起，天地忽轉寒。
筆硯已荒疏，琴書久不理，
喜遇故舊訪，暢敘肺腑言。

今我竟何緣，常年臥青山，
青山多危岌，風雨交夾間。
羈鳥戀舊林，楚客思故園，

盟鷗同一飲，西窗燭光剪。

今蒙師長恩，高義重如山，

賜我有靈犀，一點通心間。

志道原為一，把晤實太晚。

浮雲遊已醉，願拜古松前。

相逢即為樂，別離常惦念。

不是偏愛老，高義摧忠肺。

傲世須同氣，結情必有緣，

滔滔八十語，非師豈敢言。

自憐

（一九七七年）

窘步長涉死不前，唱酬無機覓明賢。

縱橫正有凌雲氣，俯仰他人也自憐。

夜登靈谷寺九重

（一九七七年）

腳踏龍虎地，身入白雲中，
千古餘一寺，吳地播勝名。
雖非曠達士，也來登九重。
頓覺出凡骨，離世增仙風。

仰首撫孤月，揮臂摘七星，
瑤台疑有語，河漢流無聲。
放目天地闊，雲水煙朦朧。
故鄉知何去，金陵碧海中。

觸景即懷舊，攜手少元東，
昔是頡頏飛，今成孤鶴鳴。
雖有蒲草輩，倒伏皆隨風。
何似靈谷姿，高標跨蒼穹。

浪淘沙·呈南陽孔趙二翁

（一九七七年）

孔趙二衰翁，歷遍窮通。一為華佗一淵明。若使當時身不遇，老了英雄。

遊子偶相逢，風起雲湧。佳樂只在談笑中。始自今日百年後，誰與此同？

將赴中州，臨行題贈南陽諸賢

（一九七八年）

浩歌一曲大江東，尋真何懼路千重。
有限朋交嗟勁草，無多骨肉悵寒蓬。
嘔心作詩斥鬼虜，瀝膽行吟會斷鴻。
九載血火相思裏，假寐醒時月正中。

春日感懷寄酬元東兄

（一九七八年）

龍虎醉別年已深，可堪大地又更新。

春樹暮雲思不盡，流水落花恨難禁。

扁舟分飄兩湖地，志士合營一處心。

驚聞瘴癘迫忠骨，一掬熱淚向靈均。

浪淘沙・看電視「四人幫」
終審判決

（一九七八年）

直上碧雲宵，王張江姚。結幫十年誇夢好。柳眉狼
煙競折腰，霹靂春曉。

赤旗舞狂飆，神州舜堯。恢恢法網終難逃。自古亂
國讒口賊，不過爾曹。

西江月・為終審席上姚文元畫像

（一九七八年）

　　莫道飄零無用，逢時即可乘龍。非關「靈童」富魅功。全憑奉承得寵。

　　平地春雷驟起，「天朝」未立身崩。可憐十載苦經營，化作南柯一夢。

日遊蠡園

（一九七八年）

　　踽踽獨步園中遊，煙雨渺渺照水羞。
　　持筆思瀉千古恨，吟詩欲散百重愁。
　　失卻萬里鴻鵠志，愧煞七尺丈夫頭。
　　子胥白髮只一夜，我今憂患何日休。

山居雜詠二首

（一九七八年）

一、

青山一松霜滋透，獨對閒草滿地愁。
何日恩露百花放，伸出一枝攀上頭。

二、

備歷崎嶇志益堅，獨居山寺望月仙。
浮雲功名須臾事，靜對寒菊不計年。

忽憶

（一九七九年）

日日讀書未出門，小樓弄墨到黃昏。
忽憶玉人凝眸處，咫尺天涯憂斷魂。

病居裕州答酬堂上雙親

（一九七九年）

和雲伴雨風滿天，浪裏孤舟病獨眠。

飛鴻忽驚客子夢，清淚一掬向惠泉。

鵬遊歌

──為紹祥叔君南遊而作

（一九七九年）

日曛曛而正暑兮，起臥龍於南陽。

路漫漫其修遠兮，行迢迢之翱翔。

乘長風而展懷兮，舟泛泛於楚江。

恣古今之山水兮，觀大國之風光。

憶江陵之黃鶴兮，跡杳杳而惆悵；

登廬山之險峰兮，曾刻影於石旁；

步采石之荒塚兮，頌千古之奇章；
攀青蓮之高閣兮，志翩翩而鷹揚。
訪金陵之古丘兮，月欲出而彷徨。
樹皎皎已成蔭兮，映輝輝之斜陽。
憶去路之崢嶸兮，披重重之風霜。
疚父職之未責兮，淚愴然而沾裳。

會盟鷗於崇陵兮，雲冪冪而無光。
去水鄉已周星兮，計南遷而北上。
林寂寂而松深兮，風淅淅而夜長。
魂迷漫於鍾山兮，身蹭蹬於長江。

慕先生之高風兮，似雲山之蒼蒼；
憐先生之放浪兮，隨上下而頡頏；
登中山之陵墓兮，勢巍巍而高昂；
攀靈谷之九重兮，叱蒼茫而舉觴；
遊玄湖之三洲兮，感六朝之興亡；
跨金陵之長虹兮，覽江水之泱泱；
吊雨花之忠魂兮，慨英靈之何方；
尋莫愁之遺蹤兮，賞芙蓉於畫廊。

備屈賈之坎坷兮，風陶李之異章。

凡遊閱而輒題兮，如珠玉之閃光。

詩蒼勁而中媚兮，筆雨驟而風狂。

棄富貴如浮雲兮，持孤芳以自賞。

興悠悠而無盡兮，地闊久而天長。

日調琴於高閣兮，夜秉燭於書房。

敘今日之樂會兮，開來日之弓張。

欲朝夕之遇合兮，必相期於夢鄉。

讀陶斯亮「一封未發出的信」有感

（一九八〇年）

一、

有懷長不釋，把筆恨益深。

瘴癘逼忠骨，風日熔鐵筋。

苦讀成底事，高冠是何人？

不見三春去，落葉正紛紛。

二、

一掬靈均淚，十載湘水文。

忠節悲老驥，甘澤布華林。

深心托毫素，懷抱論古今。

欲歸頻回首，風雨幾麒麟。

幽思

（一九八〇年）

記得那年進門來，雪白梅紅相對開。

如今梅雪全不見，空留幽思滿素懷。

答友人

（一九八○年）

閱盡世事顯老成，十載風霜歎飄零。
南浦秋深懷恩日。東歸春殘憶征程。
旌陽劍鋒今安在？為掃妖氛留清明。
翰章湖上多高士，不見當年下榻人。

偶遇

（一九八一年）

粉痕微含一點紅，暗吐幽香小樓中。
疑是洛陽牡丹姿，閒雅自然對東風。

雨中楊花

（一九八一年）

楊花舞去已空枝，微雨卻來弄碧絲。
早是多情何棄我，一池風絮盡相思。

遊蓬萊仙閣

（一九八二年）

蓬萊仙境近煙臺，東海三山縹緲來。
忽見南國島上火，更思北邊城頭灰。
羊羔莫作畏天語，獅子應轟劈地雷。
太上老君心欲碎，堂堂華夏少仙才。

中州人文

（一九八三年）

中州唐代萃詩人，魏紫姚黃朵朵珍。

高適封丘心欲碎，少陵夔府苦沉吟。

義山蠟炬猶灑淚，長吉夢天亦銷魂。

傳語繆斯重抖擻，龍門洢水譜新音。

秋遊錫惠公園記感並贈穎南愛妻

（一九八三年）

映山湖

秋菊初蕾遊園林，傲霜離落心相印。

惠泉山秀映水清，怎如吾愛阿夢情。

寄暢園

寄意寄暢寓意深，心跡雙清攜手行。
樓閣湖石湘妃竹，似隔紅塵遇知音。

天下第二泉

二泉勝跡天下聞，涓涓細流出處深。
歷經滄桑悟世情，相濡以沫伴終生。

贈言愛妻二首

（一九八四年）

一、

心心相印訴衷情，人間真情唯伉儷。
參透人生嚐百味，生無別兮死無離。

二、

清茶淡飯足平安，旦夕相伴歲月寬。
記得夢裏常攜手，不問春暖與冬寒。

太湖風韻

（一九八四年）

誰寫太湖景？幽淡映翠微。

魚舟沙際出，楊柳雨中稀。

倚竹翻書坐，穿花載酒歸。

幾回相思處，清夢繞斜暉。

姑蘇懷古

（一九八五年）

也來吳都吊館娃，淒煙幾樹夕陽斜。

村翁不見當年事，新闢妝台又種瓜。

近水山莊寫照

（一九八五年）

溪水碧於草，潺潺花底流。

沙平堪濯足，水淺不勝舟。

浣紗朝與暮，釣魚春復秋。

興來從所適，還欲向瀛洲。

觀題高二適先生書法作品展

（一九八六年）

書畫名傳品類高，先生高出眾皮毛。

鄙人雖在皮毛類，一笑題句堪自豪。

夜宿西山野寺懷古

（一九八六年）

西山竹林何太清，野寺門前秋水明。

我今夜半自酌月，起舞長劍玉龍鳴。

南山紀遊

（一九八七年）

循跡追林下，南山有嘯台。

平春梅逝去，斜日鷺歸來。

坐定棋三局，吟遲酒一杯。

嗟哉劉子驥，值此亦徘徊。

仿更漏子·痛悼家父病逝
並示自強胞兄

（一九八八年）

情勢緊，函電頻，爭報父親病逝；

青山陵，小樓頂，四處起悲風，

紅日沉，明月墜，剎時一天黑，

風如刀，霜如劍，五內烈火焚。

弟妹血，一家淚，聲聲征人之悲；

慈父命，慈母心，陣陣遊子驚，

三春暉，寸草心，此恩何能報，

知是苦，知是累，欲哭已無淚。

雪上霜，霜上雪，緣何頻連我降；

生死界，長訣別，此痛何時竭，

千里外，寄胞兄，未語聲先咽，

同根生，手足情，與我長哀憐。

獨步蠡園長廊

（一九八九年）

淺淺秋水曲曲廊，欄干寸寸是迴腸。
多情杜宇纏綿月，縱改花蔭莫改香。

人生餘墨

（一九九〇年）

一生多艱幾星霜，知付弦音話短長。
漫說些許風雅事，戲留餘墨讀華章。

四十初度有思

（一九九一年）

時屆不惑猶如此，期頤百年已可知。
拂拭本來無一物，枯腸何必強搜詩。

夜宿江浦有懷

（一九九二年）

風吹竹枝晚蕭蕭，燈火漁村一望遙。

無計乘桴下東海，此生端作慚江潮。

解讀李義山〈錦瑟〉有感

（一九九三年）

解李猶如解杜難，相傳一脈善翻瀾。

玉溪隱語雲中月，錦瑟流聲霧裏彈。

良玉生煙豈可識，羚羊掛角自能探。

詩家心曲詩家證，豈讓後人隨意談。

村居偶見

（一九九四年）

村頭南面板橋西，紅了桃枝白了梨。
最是殷勤寒食雨，護花還下小揚溪。

題龍山東大池白沙泉

（一九九五年）

亂鶯啼破百花芽，炊煙幾樹井欄斜。
久廢詩書君莫笑，山中泉氣近來佳。

早春觀太湖萬頃堂

（一九九六年）

三月煙花二月風，湖天遙望玉盤空。
早知詩畫歸來好，不必吹簫喚小紅。

讀義山詩史

（一九九六年）

寱寐縈之歲歲深，晨星寥落幾知音。

熟諳世味猶難辨，說到人情每滄溟。

報國文章遭鬼妒，奪門詩史濟時心。

而今大雅淪亡日，焚稿何妨更捧琴。

哭逝母

（一九九六年）

晴天雷霹靂火驟擊龍山，聞母逝唬得我魂飛魄散。

瞬即裏小樓頂天旋地轉，一腔血二目淚匯成河川。

三日裏治母病晝夜不眠，啼杜鵑聲聲淚哀鴻滿天。

風如刀霜如劍遊子腸斷，返舊居見逝母哭倒堂前。

哭一聲生身母命好悲慘，一世間困貧寒倍受熬煎。
為兒女經霜雨嘔心瀝血，別親人辭長世眠入黃泉。

母生我在塵寰四十餘年，飄南北走湖海遠在天邊。
生不能盡母孝枉為兒男，慘慈鳥愧曾參怕對青天。

三春暉寸草心如何償還，思生母銜悲痛三到靈安。
黃土堆嚴密密將母遮掩，見慈母除非是夜深夢酣。

暮色深寸心亂對燈不眠，朦朧間似有手掀開窗簾。
影綽綽聲沉沉向我呼喚，莫不是生身母來到兒前。

陡起身急開窗向外攙扶，手握住搖擺擺梧桐枝寒。
三更裏冷風侵蓬萊夢遠，誰憐我思母心輾轉難安。

回身來抽一張慈母照片，水銀燈細端詳生前尊顏。
體巍巍端坐住笑容滿面，捧母照思生母淚流如泉。

猿聲哀風聲咽雨濕窗沿，母在西莫忘記兒在江南。
冥界裏深幽幽凡塵隔斷，望慈魂托遠夢時來探看。

重遊揚州有懷

（一九九七年）

依舊繁華廿四橋，維揚五月競龍飆。

數年疏柳成新陌，一路深鶯聽畫鞀。

鐘鼎輕肥奢巨賈，笙歌倚醉逐塵囂。

重來豆蔻休相問，紅藥如今舞斷腰。

題詠錫惠公園

（一九九七年）

煙花又近隔年期，行處名山畫筆題。

寧是園中風物改，未歸人在小城西。

五十初度

（一九九七年）

話到滄桑五十春，龍山書生筆如神。
如今我亦隨流俗，志業無成作真人。

賞梅園小金谷荷花池

（一九九八年）

風來池上藕初齊，淥水萍開草色萋。
可奈楊花吹不盡，將愁飛過小亭西。

遊名山古剎

（一九九八年）

自知不入少年群，隨伴登臨酒半醺。
古殿時聞落清梵，瑤階常見走紅裙。
倦來且坐千人石，興到平臨萬頃雲。
未得辭家為老衲，滾滾紅塵共殷勤。

宿馬山桃源山莊

（一九九九年）

前度劉郎又今來，數年心事總堪哀。
一泓水畔遲遲立，正是桃花帶雨開。

中秋賞月於惠山黃公澗

（一九九九年）

莫道衣寬酒味輕，興來還欲向山行。

聽泉岩下松聲細，玩月澗邊石氣清。

桂入秋衫香沁骨，雲起峰前雨滌塵。

從今騷句應休作，此心安處是吾生。

過五里湖有感

（二〇〇〇年）

未必晴湖好，柳綿飛復飛。

登樓雲樹密，入苑草亭稀。

花落憐才短，衣寬笑昨非。

舊朝遺野跡，惆悵獨吟歸。

重陽節登錫山龍光塔

（二〇〇〇年）

從來勝跡地，九九又堪誇。

玉壁分波影，瓊台逗雨花。

人喧林鳥散，風動竹蔭斜。

值此呼雲鶴，登臨已忘家。

中秋夜感懷

（二〇〇〇年）

佳節無歡趣，艱難獨倚斜。

晚風生寂寞，夜露下平沙。

市近歌舞好，年深酒味差。

沉吟思不盡，隨月到天涯。

輓王翼洲先生

（二〇〇一年）

昔年舊夢付寒灰，出乎其類竟早摧。

兩代風流悲薄命，一朝鋒露忌多才。

魂招北地幡三尺，淚掬南天土一坏。

素幔歸來作何事，論私己覺有餘哀。

中秋寓中孤吟

（二〇〇一年）

月高漏水夜沉沉，此是青天碧海心。

曾別驚鴻沈園柳，都來寒澈助孤吟。

寓中自況

（二○○一年）

文章久廢筆生瘥，舊事如夢入晚笳。
未學先賢閒種柳，已隨賓客醉看花。
坐思涼熱人間世，行吟饑寒百姓家。
寫盡秋山歸哪處，傷心為覓五湖槎。

錢塘村居抒懷

（二○○一年）

洲頭橘柚已低腰，去後劉郎又掛瓢。
洗筆荒江天近客，移燈冷案雁隨潮。
含愁月沒千山樹，帶雨花開一葉橈。
欲向煙波尋舊路，無邊水色入秋宵。

惠山二泉書院

（二〇〇一年）

寄暢園古宅，百花潭書院。

層軒皆面水，老樹飽經霜。

雲嶺界天外，錦城曛日黃。

可歎書香地，回首一茫茫。

贊玉溪生詩集

（二〇〇二年）

魏紫姚黃不易賞，清新含蓄費思量。

韓碑有感亦沉鬱，錦瑟無題偏諱藏。

崖蜜櫻桃疑虛實，靈龍彩鳳忽陰陽。

嵩山洛浦尋芳遍，千古玉溪四海香。

寫奉朱學勤先生
兼示關寶、建明學兄

（二○○二年）

獨被恩深薦鶴毛，一襟風露意飄蕭。
愁因歲近憐夢短，喜到心清愧眼高。
玉樹生庭寒易種，梨花到戶凍難銷。
思將歸作蕈鱸計，好傍吾師學掛瓢。

初夏寓院詠竹詩二首

（二○○二年）

一、

竹本生荒郊，移賞植院庭。
凌霄風淅淅，枝葉何青青。
興逸煙雨中，神閒入虛靜。
當窗挹其華，心目與之清。

二、

本自出山嶺，梢雲聳百尋。

淒淒湘妃淚，粲粲露珠瑩。

蟠根一以固，乃與風雨爭。

無人賞高節，徒自抱貞心。

病癒筵中致友人

（二〇〇三年九月）

情好如兄弟，相遇屢拍肩。

昔日分旅食，今朝共盛筵。

笑盈春風面，愁生臘雪天。

開懷自放浪，不惜賣文錢。

疏鐘驚客枕，歸夢落長千。

小醉花月裏，大悟倚榻邊。

病來朋友重，老至哀別離。

悵望江天闊，病目淚潸潸。

小院獨苦吟

（二○○三年十月）

自闢庭院居寂岑，幽蘭修竹有清陰。

任他世囂煙塵滿，盡日杜門作苦吟。

寫莫愁湖之柳岸曛風

（二○○四年八月）

賞此湖畔柳，青青一望遙。

迎春先作態，入夏尚餘嬌。

雨過垂清陰，風吹拂碧霄。

新蟬鳴不歇，客思轉蕭條。

洞庭東山記遊二首

（二〇〇四年九月）

行過山邊又水邊，眼中非樹即寒泉。

囊琴相約無餘事，流水高山不在弦。

蕭蕭蘆荻滿江洲，淺渚平沙無限秋。

善心隨緣多情趣，此生苦樂是同儔。

無題

（二〇〇四年十月）

不問世路艱，但覺煙嵐妙。

攜我孤桐琴，來彈普世調。

長鷗重伸翅，碧水映落照。

故人淡忘歸，兀立風蕭蕭。

居家雜詠三首

（二〇〇四年十一月）

一、

平生不羨沐猴冠，遺世吟夢一蒲團。

潑案茶香怡肝膽，滿腹詩情上眉端。

笑談時具賓朋樂，俯仰深知宇宙寬。

舉世囂囂我適靜，懷抱琴書作心觀。

二、

閱盡春色敢息肩，此身灑脫似神仙。

案頭硯石能成玉，胸際池田可種蓮。

摘句填詞情自得，揮毫成詩韻尤妍。

老來伏櫪無他計，滿紙雲煙樂長天。

三、

零星斷夢意何堪，總把前蹤仔細探。

風雨幾回思身外，樓臺不盡望兒男。

廿年相依容悲喜，一曲和鳴共苦甘。

誰遣秋光燦如霞，猿鶴無恙頌平安。

乙酉清明叩祭雙慈有思

（二〇〇五年四月）

登臨賦詩久已違，平生所學半塵埃。
塵囂不犯春光好，松風為奏陸沉哀。
數典益慚昆裔弱，思親尤覺悲中來。
豐碣蔥蘢似有語，忍聽慈魂話劫灰。

感慨良多懷不才，平生行跡自可哀。
嗟余嶙峋此奇骨，剩卻末路兩行淚。
世事逆料生荊棘，富貴由來終土灰。
兀立蒼茫了無語，可有兒女奮袂來。

春日回鄉省親

（二〇〇五年四月）

永日承歡數卷書，閒舒倦眼背舊詩。
久作青山辭林鳥，萬傾煙波歸來遲。

乙酉清明祭慎公
重讀「八十試筆」有感

（二〇〇五年四月）

何幸塵埃見此公，蒼涼閱世得窮通。
且置乘除天下事，泱泱九州起大風。

森森大木凜秋容，投老匡山第一峰。
應是天公憐寂寞，八旬放言警世鐘。

布衣書生

（二〇〇五年七月）

嘯傲公卿小書生，愛書愛友不愛名。
一觶魚米頗豐足，愧對萬家饑寒心。

悠閒白髮老書生，憂國憂民不憂貧。
男兒至死心如劍，待聽金雞斷續鳴。

致禮朱學勤先生

（二○○五年九月）

神交海曲識荊遲，請益朱門有新知。
文章知己千秋願，高標遺風濡心史。

平生淡泊醉三癡，一片孤心唯君知。
幸有琴書消歲晚，蓮霞山碧好吟詩。

追思顧准

（二○○六年八月）

幾番霜雪幾番尋，朗朗乾坤擔一身。
一朝離經行百步，廿年放逐飲千辛。
自折肋骨作火把，不化灰燼成真金。
金甌待補嗟無及，青史何遲辨愛憎。

哭祭林昭

（二〇〇六年九月）

無情天地恨難平，絕代奇才女兒身。

鬼域為宅鬼為鄰，血性文字血寫成。

已無多淚流知音，別有傷心哭英魂。

秋月夜闌不成寐，似聞人間斷腸聲。

六十自述

（二〇〇六年十月）

往事何須待細論，秦淮風月老殘身。

少時夢吟渾無著，入世離亂強自存。

良辰已逝跡成灰，舊遊零落黯傷神。

天亦憐才情似我，幾回淚下愧偷生。

寓中雜吟三首

（二○○七年八月）

布衣何用揖王公，優遊林泉夕陽紅。
自覺此心無一事，大鵬飛出鐵籠中。

囊空萬字心空言，露滴柳枝欲斷弦。
時事紛紜吾已累，臥看秋水起雲煙。

經年碌碌廢遠志，無由可去覓新詩。
有情最是湖堤柳，依舊萬縷與千絲。

戊子仲夏奉呈登山、邵建兄

（二○○八年七月）

晚來此間度殘生，滿目林泉景色新。

遠處樓臺巍若障，門前碧水喜為鄰。

市井有誰識高士？江湖容我作詩人。

尚擬一揮吟夢筆，書生襟懷本無垠。

贈藍英年先生

（二○○八年十月）

藍君意氣元龍豪，助我詩興凌煙霄。

談藝縱橫通今古，品格高下閒評嘲。

文驚俗子貴千銖，曲江彷彿聽崩濤。

憲政一夢可下筆，勝傾濁酒磊塊澆。

揚州道中兼示邵建君

（二〇〇九年六月）

天涯雲遊人，跋馬看春秋。

紅塵空促步，白髮漸臨頭。

倦矣迷蝴蝶，歸兮思莊周。

吟夢花月夜，悠然下揚州。

自題小像

（二〇〇九年七月）

四方求索苦行僧，素心全無趨小乘。

六十孤旅成獨往，一身沉疴冷於冰。

無題

（二〇〇九年八月）

歸隱莫愁愁滿天，秦淮笙歌醉中眠。

今宵料有逍遙夢，秋水晚照泛畫船。

老了歌

（二〇〇九年八月）

朗朗乾坤，冰心一片；

衰老之年，思緒萬千。

紅塵泉路，因緣際會；

榮枯哀樂，同歸寂滅。

閒讀史稿，掩卷欷歔；

睹其磅礡，會其文心。

哲士墨蹟，高賢文章；

恩渥之親，味之彌厚。

緬想先賢，慨然慕之；
修德至厚，積學亦深。
彼性曠奇，風標絕倫；
所論真率，時有妙得。

經師易得，人師難求；
我與聖賢，多以神遇。
通禪悟道，游於大化；
磊落之氣，發乎肺腑。

我居塵壤，趨競未息；
身與強融，心欲遠之。
大鈞湯穆，人之微末；
靜志違俗，頹然自逝。

智者若愚，仁者益壽；
青山漸老，紅葉堪留。
忍讓為貴，包容乃福；
勉吾德行，觀此右銘。

莫愁湖散曲四章

（二○○九年九月）

釵頭鳳‧晨練

朝起早，園林道，殘紅斷翠新枯草。春光逝，秋光易，流光似水，期頤何年？練，練，練！

韶華好，人未老，多情莫作無情惱！輕歌起，舞步麗，鶴髮童顏，別般滋味。嬉，嬉，嬉！

南樓令‧夜闌

良夜靜如柔，花香一片幽。兩三星，悄上樓頭。綠葉鎖窗人盡散，曾相識，約還留。

碧空月如鉤，蘆笙似水流。一聲聲，吹送憂愁。若個倚欄聽欲醉，閒風細，玉宇和。

鷓鴣天‧春光

一洗幽愁共舉觴，泛舟湖上醉詩鄉。邀來蘇辛添豪興，輕挽太白續舊狂。

思昨日，意茫茫，庸人自擾歎斜陽！眼前又見垂揚綠，夜雨新篁百丈長。

一斛珠·秋色

閒居水涯，過眼煙景渾無價。桂枝新蕾幽香灑。明月窺窗，竹影搖清夜。

小徑獨步衣袖窄。滿湖秋色誰能畫？翠微深處頤壽也。指點殘霞，且喜餘生暇。

直道而行話餘生四章

（二〇〇九年九月）

余生涯淡泊，而飄零既久，不無遊子之思。今寂寞人外，久居俗下，則山陽聞笛之賦，吟而涕下；梁汾寧古之書，見而情傷矣。所幸志有所託，日與湖山相揖，窮究天理，兼以詩翰淘寫寂寞也。此何謂？余曰：世間直道本艱辛，此心安處是仙鄉。

己丑初秋八月五日記

余生逢濁世，蹉跎六旬，熟誦史冊，默觀世事。襟懷宏遠，如河出伏流，牽濤怒吼：茫茫禹域，泱泱大風，誰為人豪，誰為奸雄？余遍視歷代飽學深思之士，獨立海天寥廓，吁嗟乎，丈夫志酬天下事，惟椎心泣血、斑斑跡跡，盡付遺世之夢幻矣！正可謂：憲政不立，國難未已。哀哉！

己丑初秋八月八日記

余之人生於不停的追尋與求索中度過。數十年間，余閱書數千卷，深感治學之艱；行路數萬里，深感造物之美；交友數百計，深感人性之詭。子貢曰：是以知人尚難，求人知己，不亦尤乎！故自題詞曲云：

莽乾坤，眼前何物，轉輾側身長繫。功德碑，紛紛攀倚，彪炳史冊談何易？試說梟雄，孫、蔣、毛、劉，一樣奔競無計。世無英雄，可憐青史，此事如何續記？亭台悲風，求仁得仁，總難有知遇。且放歌起舞，窮途慢生頹氣。憶當年，發憤食志，聊寫往來英烈，誰是愚蒙，誰為聖賢？而今全無意。只恍惚一夢，茫茫然無涯矣！

己丑初秋八月十九日記

余生當斯世，位卑人微，然居心高曠。凡炎涼勢利，邪惡怪異，舉不足以入吾胸次。故生平不精文翰，而有詩情；不擅丹青，而有畫意；不出市廛，而有山林之氣。素日常於雅處與二三友人剪燭談心，品茗度曲。嘗彈冠自嘲曰：功名落空，富貴如夢，安置兩肩，眼笨舌拙，留汝何用？磊磊然一畸士妙人也。今行年六旬，童心尚存。才而若拙，慧而若癡，居市井而懷天下，以貧士而富鼎彝。渠不以功業學問見世，卻頗得遺世獨立之人生態度和價值操守。在這世風頹敗，權貴當道的當下，閒雲遊走，風靜林中，雖不堪肩負時代鼎革之使命，卻埋首讀書著述，以血淚之筆承傳一條源遠流長百折不撓的文化香火。如自題詩云：

> 一卷冰雪文，兩行傷心淚；
> 筆悍而膽怒，眼笨且舌拙。
> 功不足以齒，名簿輕如煙。
> 是惟梅山士，把臂與同嬉。

己丑初秋九月九日於「吟夢居」

附錄：歸鄉吟‧寄梁溪徐君

（一九七五年三月栗元東作）

臘月別南國，銀裝滿河山。

龍虎愁白首，送我出吳關。

朔風夾道呼，暮靄當頭旋。

伏牛喘白霞，孤鶴悲歌還。

一人中原地，寸心集百感。

回首馳南望，金陵何茫然。

瓊樓眼落無，鍾山夢中懸。

唯是秦淮月，依舊照我前。

三天下長車，悠悠至村邊。

巍牆已不見，土垣仍成環。

村人未忘舊，把手話別言。

兒童有相識，笑我兩鬢斑。

顫指撥荊門，怯步入草庵。
高床扶老母，不覺淚如泉。
遊子常在外，母病經多年。
不能榻前奉，疚心實慘然。

鄰人知我歸，雲集相探看。
慚愧無所攜，唯有江南煙。
江南富麗地，金陵龍虎盤。
緣何徹底貧，期待後門寬。

皚皚積雪影，昏昏透戶燈。
江南十年夢，歸來故園行。
夜半人無寐，體臥心難平。
不見南鵑啼，但聞鄉雞鳴。

出門迎朝日，天地正回春。
風吹梅花墜，楊柳欲抽薪。
嗟嗟身漸老，默默世無聞。
三十功未立，屈志悲哀頻。

一贈陽關曲，別離經幾日。
悲歌行路晚，幽憤臥榻遲。
日憶錫惠月，夜讀明明詩。
鞭炮除夕夜，思君鬢成絲。

三日拜孔叔，驚定感慨深。
年邁花甲翁，愛結浮雲人。
詩書過滄海，肝膽照癡心。
知己千杯少，促膝鳴綠琴。

六日去馬村，首拜趙叔君。
久行華佗志，孔叔肺腑人。
修修一尊軀，巍巍八尺身。
手診天地疾，胸藏古今文。

十日不出門，獨坐思徐君。
自登咸陽路，別來一何深。
素日且懷舊，佳節倍思親。
從有千斗酒，難解心如焚。

欣逢綠衣人，青鳥傳音訊。
啟封展新卷，觀罷熱淚淋。
狂風折玉樹，天狼困麒麟。
咯血除夕夜，病魔堪殘忍。

聞此肺腑疾，呼天哭徐君。
日淚夜繼血，心悲共誰陳。
恨無雙飛翼，榻前問根因。
脫胎換舊骨，同病憐至君。
自此心如墜，春樹日暮雲。
度假北國日，眉目難再伸。

蹉跎十數日，闌珊已初春。
風吹禾苗綠，日暖杏花新。
為赴桃園會，二次去馬村。
歎息無明月，四座少一人。

一入盛華筵，把酒不能飲。
舉杯思肺腑，愴然淚沾襟。

叔君不知故，驚問何根因。

起身向南指，太湖揪我心。

盟鷗咯血夜，悲聲千里聞。

我本第二軀，安得不斷魂。

最恨山河隔，未去一音訊。

語罷三腸斷，滿桌淚如霖。

農務村村急，春流溪溪潺。

故園四十日，返期降我前。

高堂辭病母，未語聲先咽。

望將思兒淚，留哭待明年。

二叔告別處，吞聲石鼓泉。

弱妻強相送，幼子未解顏。

杜鵑攔道哭，斑馬鳴我前。

垂淚江南路，一去如雲煙。

楊柳枝萬條，風塵路三天。

前猶宿故地，今復臥鍾山。

鍾山群猿哀，江鳴夜雨懸。

聞此客腸斷，拙筆難再言。

＊注：栗君元東乃余青年時期之股肱之交，患難知己。
河南方城人，一九六三年考入上海交大，文理兼
修，競冠其軍。君年長余六歲，余以兄侍之。君
好靜，而余喜動；君恬於榮利，而余嗜躁進，至
屢挫而不悔。凡有取咎之事，輒請教於君。知遇
九年中魚雁往復，詩詞唱和，不可累計。今特錄
長詩〈歸鄉吟·寄梁溪徐君〉附後，以示遙思。

丁亥三月涂明明記

後記

　　余平生述而少作。雖空言喋喋，無補時艱，但每作卻嘔心瀝血，情真意切。這本《父子談藝錄》的面世，便是一例。通覽全書，前半部為余與愛子徐跋騁八年中心魂相守的兩地家書，後半部為余四十年來百餘首血淚交融的詩稿。前者朱學勤先生和內人序言中均有評述。唯有「吟夢居詩稿」未曾論及。無奈之舉只得由筆者在後記中補記數語，以付厥如。

　　余素喜清吟，亦好詞章。凡人生之進退得失，國運之安危起落，民生之艱難困頓，風風雨雨、念念在心；低吟淺唱，血淚交迸。至於湖山勝蹟之戀，志士雅會之感，懷鄉思親之情，投贈酬酢之趣，卷中所選詩篇中也隨處可見。在歷史與現實的交接遞進中，真實地彰顯出筆者身處不同歷史時期特定的社會、政治、經濟、文化環境，以及自身獨特的坎坷經歷。以詩記史，以史為鑒，竊以為有其留存於世的意義和價值。

　　天亦憐才情似我，懷抱琴書作心觀。幾經周折，這本「琴心之作」終於懷著感恩，帶著希望，也透出幾分淡淡的傷感，和可能成為本書的讀者見面了。對於我這個一生多夢的人來說，也遂了遲暮之年的一個心願。並借此機會，真誠感謝上海大學朱學勤先生撥冗為本書破戒作序。好友邵建君從聯繫出版至校訂全書，他自始至終給予的關注和幫助，讓我永遠銘記。與此同時，台灣秀威出版社主編蔡登山兄和編輯黃姣潔小姐也替此書付出許多心力，謹此一併致以真摯的謝意。最後，特別深切感謝的是與我二十五年來甘苦與共、風雨前行的愛妻馬穎南，沒有她外柔內剛的精神支撐，沒有她無怨無悔的自我犧牲，沒有她賢淑溫良的人性滋養，我與跋蹪的人生之路會走得更艱難曲折。從而本書的順利問世，也就成了難以想像的事。

　　　　　　　　　　涂明明　於金陵城西「吟夢居」

　　　　　　　　　　　　　　　2008年7月10日

國家圖書館出版品預行編目

父子談藝錄 / 徐明明，徐跋騁著.-- 一版.
-- 臺北市：秀威資訊科技, 2008.12
面；　　公分. --(語言文學類；PG0214)

BOD版
ISBN　978-986-221-122-9（平裝）

856.186　　　　　　　　　　97022254

語言文學類　PG0214

父子談藝錄

作　　　者 / 徐明明、徐跋騁
主　　　編 / 蔡登山
發　行　人 / 宋政坤
執 行 編 輯 / 黃姣潔
圖 文 排 版 / 郭雅雯
封 面 設 計 / 陳佩蓉
數 位 轉 譯 / 徐真玉　沈裕閔
圖 書 銷 售 / 林怡君
法 律 顧 問 / 毛國樑　律師
出 版 印 製 / 秀威資訊科技股份有限公司
　　　　　　台北市內湖區瑞光路583巷25號1樓
　　　　　　電話：02-2657-9211　傳真：02-2657-9106
　　　　　　E-mail：service@showwe.com.tw
經　銷　商 / 紅螞蟻圖書有限公司
　　　　　　台北市內湖區舊宗路二段121巷28、32號4樓
　　　　　　電話：02-2795-3656　傳真：02-2795-4100
　　　　　　http://www.e-redant.com

2008 年 12 月　BOD 一版
2009 年 11 月　BOD 二版
定價：300 元

讀　者　回　函　卡

感謝您購買本書，為提升服務品質，煩請填寫以下問卷，收到您的寶貴意見後，我們會仔細收藏記錄並回贈紀念品，謝謝！

1.您購買的書名：_____

2.您從何得知本書的消息？

　□網路書店　□部落格　□資料庫搜尋　□書訊　□電子報　□書店

　□平面媒體　□ 朋友推薦　□網站推薦　□其他_____

3.您對本書的評價：(請填代號　1.非常滿意 2.滿意 3.尚可 4.再改進)

　封面設計____　版面編排____　內容____　文/譯筆____　價格____

4.讀完書後您覺得：

　□很有收獲　□有收獲　□收獲不多　□沒收獲

5.您會推薦本書給朋友嗎？

　□會　□不會，為什麼？_____

6.其他寶貴的意見：_____

_____

_____

_____

讀者基本資料

姓名：_____　年齡：_____　性別：□女 □男

聯絡電話：_____　E-mail：_____

地址：_____

學歷：□高中(含)以下　　□高中　　□專科學校　　□大學

　　　□研究所(含)以上 □其他_____

職業：□製造業 □金融業 □資訊業 □軍警 □傳播業 □自由業

　　　□服務業 □公務員 □教職　 □學生 □其他_____

To：114

台北市內湖區瑞光路 583 巷 25 號 1 樓

秀威資訊科技股份有限公司　　　收

寄件人姓名：

寄件人地址：□□□

(請沿線對摺寄回,謝謝!)

秀威與 BOD

BOD（Books On Demand）是數位出版的大趨勢，秀威資訊率先運用 POD 數位印刷設備來生產書籍，並提供作者全程數位出版服務，致使書籍產銷零庫存，知識傳承不絕版，目前已開闢以下書系：

一、BOD 學術著作—專業論述的閱讀延伸
二、BOD 個人著作—分享生命的心路歷程
三、BOD 旅遊著作—個人深度旅遊文學創作
四、BOD 大陸學者—大陸專業學者學術出版
五、POD 獨家經銷—數位產製的代發行書籍

BOD 秀威網路書店：www.showwe.com.tw
政府出版品網路書店：www.govbooks.com.tw

永不絕版的故事・自己寫・永不休止的音符・自己唱